共和国故事

崇高荣誉

——二十三位科技专家被授予"两弹一星"功勋奖章

李 琼 编写

吉林出版集团股份有限公司

图书在版编目（CIP）数据

崇高荣誉：二十三位科技专家被授予"两弹一星"功勋奖章/
李琼编. —长春：吉林出版集团股份有限公司，2009.12

（共和国故事）

ISBN 978-7-5463-1837-0

Ⅰ. ①崇… Ⅱ. ①李… Ⅲ. ①纪实文学－中国－当代 Ⅳ. ①I25

中国版本图书馆 CIP 数据核字（2009）第 233800 号

崇高荣誉——二十三位科技专家被授予"两弹一星"功勋奖章

CHONGGAO RONGYU　　ERSHISAN WEI KEJI ZHUANJIA BEI SHOUYU LIANGDAN YIXING GONGXUN JIANGZHANG

编写　李琼

责任编辑　祖航　李娇　王贝尔

出版发行　吉林出版集团股份有限公司

印刷　三河市嵩川印刷有限公司

版次　2010 年 1 月第 1 版　　　2022 年 1 月第 9 次印刷

开本　710mm×1000mm　1/16　　印张　8　字数　69 千

书号　ISBN 978-7-5463-1837-0　　定价　29.80 元

社址　吉林省长春市福祉大路 5788 号

电话　0431－81629968

电子邮箱　tuzi8818@126.com

版权所有　翻印必究

如有印装质量问题，请寄本社退换

前　言

　　自 1949 年 10 月 1 日中华人民共和国成立至今,新中国已走过了 60 年的风雨历程。历史是一面镜子,我们可以从多视角、多侧面对其进行解读。然而有一点是可以肯定的,那就是,半个多世纪以来,在中国共产党的领导下,中国的政治、经济、军事、外交、文化、教育、科技、社会、民生等领域,都发生了深刻的变化,中国人民站起来了,中华民族已屹立于世界民族之林。

　　60 年是短暂的,但这 60 年带给中国的却是极不平凡的。60 年的神州大地经历了沧桑巨变。从开国大典到 60 年国庆盛典,从经济战线上的三大战役到经济总量居世界第三位,从对农业、手工业、资本主义工商业的三大改造到社会主义市场经济体制的基本确立,从宜将剩勇追穷寇到建立了强大的国防军,从废除一切不平等条约到独立自主的和平外交政策,从"双百"方针到体制改革后的文化事业欣欣向荣,从扫除文盲到实施科教兴国战略建设新型国家,从翻身解放到实现小康社会,凡此种种,中国人民在每个领域无不留下发展的足迹,写就不朽的诗篇。

　　60 年的时间在历史的长河中可谓沧海一粟。其间究竟发生了些什么,怎样发生的,过程怎样,结果如何,却非人人都清楚知道的。对此,亲身经历者或可鲜活如昨,但对后来者来说却可能只是一个概念，对某段历史的记忆影像或不存在，或是模糊的。基于此，为了让年轻人，特别是青少年永远铭记共和国这段不朽的历史，我们推出了这套《共和国故事》。

《共和国故事》虽为故事，但却与戏说无关，我们不过是想借助通俗、富于感染力的文字记录这段历史。在丛书的谋篇布局上，我们尽量选取各个时代具有代表性或深具普遍意义的若干事件加以叙述，使其能反映共和国发展的全景和脉络。为了使题目的设置不至于因大而空，我们着眼于每一重大历史事件的缘起、过程、结局、时间、地点、人物等，抓住点滴和些许小事，力求通透。

历史是复杂的，事态的发展因素也是多方面的。由于叙述者的视角、文化构成不同，对事件的认知或有不足，但这不会影响我们对整个历史事件的判断和思考，至于它能否清晰地表达出我们编辑这套书的本意，那只能交给读者去评判了。

这套丛书可谓是一部书写红色记忆的读物，它对于了解共和国的历史、中国共产党的英明领导和中国人民的伟大实践都是不可或缺的。同时，这套丛书又是一套普及性读物，既针对重点阅读人群，也适宜在全民中推广。相信它必将在我国开展的全民阅读活动中发挥大的作用，成为装备中小学图书馆、农家书屋、社区书屋、机关及企事业单位职工图书室、连队图书室等的重点选择对象。

编　者

2010 年 1 月

一、表彰功臣

二、闪光精神

三、发扬光大

一、表彰功臣

● 在欢快的乐曲声中，中共中央总书记、国家主席、中央军委主席江泽民神情庄重地走到主席台正中，为获奖人员颁发奖章和证书。

● 江泽民认为：'两弹一星'的伟业，是新中国建设成就的重要象征，是中华民族的荣耀与骄傲，也是人类文明史上的一个勇攀科技高峰的空前壮举。

● 江泽民说："'两弹一星'的研制工作者们，是一支特别能吃苦、特别能战斗的队伍……"

中央召开"两弹一星"表彰大会

1999 年 9 月 18 日，正值中华人民共和国成立 50 周年之际，表彰为研制"两弹一星"作出突出贡献的科技专家大会在北京召开。

当天下午，表彰大会在人民大会堂隆重举行。

新整修过的人民大会堂显得更加雄伟壮观。大礼堂主席台上方悬挂着醒目的大会会标，主席台后方竖立着 10 面红旗，主席台前摆放着让人赏心悦目的鲜花。

大礼堂三楼眺台上悬挂着巨型横幅：

热爱祖国、无私奉献、自力更生、艰苦奋斗、大力协同、勇于登攀。

这 24 个字就是著名的"两弹一星"精神。

人民大会堂里的气氛庄严而热烈。

15 时，大会在嘹亮的国歌声中正式开始。

在这次大会上，中共中央、国务院、中央军委作出决定，表彰为研制"两弹一星"作出突出贡献的科技专家并授予"两弹一星功勋奖章"。

朱镕基总理宣读中共中央、国务院、中央军委关于表彰为研制"两弹一星"作出突出贡献的科技专家并授予"两弹一星功勋奖章"的决定。

决定说，在新中国 50 年的光辉历程中，"两弹一星"的研制成功，是中华民族为之自豪的伟大成就……他们和参与"两弹一星"研制工作的广大干部、工人、解放军指战员一起，在当时国家经济、技术基础薄弱和工作条件十分艰苦的情况下，自力更生，发愤图强，大力协同，无私奉献，勇于攀登，完全依靠自己的力量，用较少的投入和较短的时间，突破了原子弹、导弹和人造地球卫星等尖端技术，取得了举世瞩目的辉煌成就……

决定说，在庆祝中华人民共和国成立 50 周年之际，党中央、国务院、中央军委决定，对当年为研制"两弹一星"作出突出贡献的 23 位科技专家予以表彰，并授予于敏、王大珩、王希季、朱光亚、孙家栋、任新民、吴自良、陈芳允、陈能宽、杨嘉墀、周光召、钱学森、屠守锷、黄纬禄、程开甲、彭桓武"两弹一星功勋奖章"，追授王淦昌、邓稼先、赵九章、姚桐斌、钱骥、钱三强、郭永怀"两弹一星功勋奖章"。

这 23 位科技专家是人民共和国的功臣，是老一辈科技工作者的杰出代表，是新一代科技工作者的光辉榜样。

党中央、国务院、中央军委号召，全党、全军和全国各族人民向为研制"两弹一星"作出突出贡献的科技专家学习，大力弘扬研制"两弹一星"的伟大精神，在以江泽民同志为核心的党中央领导下，高举邓小平理论伟大旗帜，万众一心，艰苦奋斗，顽强拼搏，开拓创新，为夺取我国改革开放和社会主义现代化建设新的伟大胜利而努力奋斗。

接着，23 名科技工作者每人被授予一枚由 515 克纯金制成的"两弹一星功勋奖章"。

在欢快的乐曲声中，中共中央总书记、国家主席、中央军委主席江泽民神情庄重地走到主席台正中，为获奖人员颁发奖章和证书，并发表重要讲话。

此时，全场响起热烈的掌声。

江泽民亲切地与获奖人员一一握手、合影留念。

李鹏在大会结束时指出，让我们更加紧密地团结在以江泽民同志为核心的党中央周围，高举邓小平理论伟大旗帜，大力弘扬"两弹一星"的伟大精神，万众一心，再接再厉，把建设中国特色社会主义伟大事业全面推向 21 世纪。

首都少先队员把一束束鲜花献给这些为祖国作出突出贡献的功臣们。

大会开始前，江泽民、李鹏、朱镕基、李瑞环、胡锦涛、尉健行、李岚清亲切会见了获奖人员和参加过"两弹一星"研制工作的代表，与他们合影留念。

出席当天大会的有：丁关根、田纪云、李长春、李铁映、吴邦国、吴官正、迟浩田、张万年、罗干、姜春云、贾庆林、钱其琛、黄菊、温家宝、曾庆红、吴仪、乔石、刘华清、邹家华、王光英、程思远、布赫、铁木尔·达瓦买提、吴阶平、彭珮云、何鲁丽、曹志、司马

共和国故事·崇高荣誉

义·艾买提、王忠禹、肖扬、韩杼滨、叶选平、杨汝岱、王兆国、阿沛·阿旺晋美、钱伟长、卢嘉锡、任建新、宋健、李贵鲜、陈俊生、张思卿、钱正英、孙孚凌、万国权、胡启立、陈锦华、赵南起、白立忱、罗豪才、张克辉、周铁农、王文元。

出席当天大会的还有：李德生、张劲夫、张爱萍、段君毅、黄华、彭冲、谷牧、马文瑞、郑天翔、杨白冰、王汉斌、张震、倪志福、费孝通、雷洁琼、李锡铭、王丙乾、洪学智、邓力群、张廷发、韩光。

中央党政军群各部门负责同志和各民主党派中央、全国工商联负责人、无党派人士代表，参加过"两弹一星"研制工作的代表和科技界代表，以及首都各界代表等共6000多人参加了大会。

江泽民说要发扬"两弹一星"精神

在 1999 年 9 月 18 日表彰为研制"两弹一星"作出突出贡献的科技专家的大会上，江泽民发表了重要讲话。在热烈的掌声中，江泽民饱含深情地说：

35 年前的深秋季节，在我们祖国的上空，一声春雷般的巨响向世界庄严宣告：中国人民依靠自己的力量胜利地掌握了核技术。

29 年前的晚春时分，在浩瀚无垠的宇宙，一曲嘹亮的《东方红》又向世界庄严宣告：中国人民胜利地掌握了人造卫星的空间技术。

从此，我国"两弹一星"事业不断取得辉煌的发展。这极大地鼓舞了中国人民的志气，振奋了中华民族的精神，为增强我国的科技实力特别是国防实力，奠定我国在国际舞台上的重要地位，作出了不可磨灭的巨大贡献。

在举国上下喜迎新中国成立五十周年之际，党中央、国务院、中央军委在这里召开大会，隆重表彰为我国"两弹一星"事业作出突出贡献的科技专家并授予他们"两弹一星功勋奖章"……

江泽民环视一下全场，他又接着说，他代表党中央、国务院、中央军委，向荣获"两弹一星功勋奖章"的科技专家表示衷心祝贺！向为"两弹一星"事业作出贡献的所有科学家、科研人员、工程技术人员、广大干部、工人和解放军指战员，表示诚挚的慰问！向全力支持"两弹一星"事业发展的全国各族人民，致以崇高敬意！

　　江泽民充满深情地说：

　　　　我们要永远记住那火热的战斗岁月，永远记住那光荣的历史足印：

　　　　1964 年 10 月 16 日，我国第一颗原子弹爆炸成功；1966 年 10 月 27 日，我国第一颗装有核弹头的地地导弹飞行爆炸成功；1967 年 6 月 17 日，我国第一颗氢弹空爆试验成功；1970 年 4 月 24 日，我国第一颗人造卫星发射成功。

　　　　这是中国人民在攀登现代科技高峰的征途中创造的非凡的人间奇迹。

　　　　我国"两弹一星"事业的伟大成就，令全世界为之赞叹……

　　江泽民说，邓小平同志曾经深刻地指出：如果 20 世纪 60 年代以来中国没有原子弹、氢弹，没有发射卫星，中国就不能叫有重要影响的大国，就没有现在这样的国际地位。这些东西反映一个民族的能力，也是一个民族、一个国家兴旺发达的标志。

江泽民认为，"两弹一星"的伟业，是新中国建设成就的重要象征，是中华民族的荣耀与骄傲，也是人类文明史上的一个勇攀科技高峰的空前壮举。

江泽民高度评价了"两弹一星"的科技专家，他说：

伟大的事业，产生伟大的精神。在为"两弹一星"事业进行的奋斗中，广大研制工作者培育和发扬了一种崇高的精神，这就是热爱祖国、无私奉献、自力更生、艰苦奋斗、大力协同、勇于登攀的"两弹一星"精神。

"两弹一星"研制者们高举爱国主义的旗帜，怀着强烈的报国之志，自觉把个人的理想与祖国的命运紧紧联系在一起，把个人的志向与民族的振兴紧紧联系在一起。许多功成名就、才华横溢的科学家放弃国外优厚的条件，义无反顾地回到祖国。许多研制工作者甘当无名英雄，隐姓埋名，默默奉献，有的甚至献出了宝贵的生命。他们用自己的热血和生命，写就了一部为祖国为人民鞠躬尽瘁、死而后已的壮丽史诗……

江泽民充满感情地回顾了"两弹一星"的研制者们在研制过程中进行艰苦奋斗的感人事迹，他说：

"两弹一星"的研制工作者们，是一支特别能吃苦、特别能战斗的队伍。他们在茫茫无际的戈壁荒原，在人烟稀少的深山峡谷，风餐露宿，不辞辛劳，克服了各种难以想象的艰难险阻，经受住了生命极限的考验。他们运用有限的科研和试验手段，依靠科学，顽强拼搏，发愤图强，锐意创新，突破了一个个技术难关。他们所具有的惊人毅力和勇气，显示了中华民族在自力更生的基础上自立于世界民族之林的坚强决心和能力……

　　在会上，组织实施研制"两弹一星"工作主管部门的代表丁衡高，介绍了"两弹一星"的研制情况。

　　参加"两弹一星"研制的科学家代表、"两弹一星功勋奖章"获得者于敏也做了发言。

　　于敏在发言中十分自豪地说：

　　从突破原子弹到突破氢弹，我国只用了2年零2个月，美国用了7年4个月，苏联用了4年，法国用了8年6个月，我国的速度是世界上最快的……

　　人民大会堂里响起经久不息的掌声。

发表《向"两弹一星"功臣致敬》的社论

1999 年 9 月 19 日，《人民日报》发表《向"两弹一星"功臣致敬》的社论。社论说：

"两弹一星"是新中国伟大成就的象征，是中华民族的骄傲。在全国各族人民喜迎新中国 50 华诞之际，党中央、国务院、中央军委隆重表彰为我国"两弹一星"事业作出卓越贡献的功臣。我们向功臣们表示热烈的祝贺，向参与"两弹一星"事业的所有科学技术人员、管理人员、工人和人民解放军指战员表示崇高的敬意，向为了这一事业献身的同志们表示深切的怀念。

社论认为，"两弹一星"功臣们的作用极其重要，功臣们的业绩将彪炳史册，功臣们的精神将光耀千古，永远是我们学习的榜样。

社论要求我们要学习功臣们的爱国主义精神，学习功臣们艰苦奋斗、无私奉献的精神，学习功臣们勇于探索、勇于创新的精神。

社论最后发出伟大号召：

人类即将进入一个新的世纪。新世纪的国际科技和经济的竞争，从根本上讲是高科技、高素质人才的竞争，是知识创新、技术创新的竞争。要把建设中国特色社会主义事业推向前进，要在激烈的国际竞争中得到发展，就要努力学习和发扬功臣们的爱国主义精神、无私奉献精神和勇于创新的精神，团结一心，励精图治，不畏艰险，勇往直前！

向功臣们学习，向功臣们致敬！"两弹一星"的功臣们为祖国作出的贡献永载史册。

其实，在 1991 年 6 月，国防科工委就组织召开了"两弹一星"表彰会，表彰长期进行科研试验的先进集体、先进个人。当时，出席会议的有来自国防科研试验第一线的 259 名先进单位和个人代表。

聂荣臻元帅给国防科工委先进集体、先进个人代表会议致信祝贺。三总部负责同志出席了当天的开幕式。

国防科工委主任丁衡高中将在会上做了报告。他指出，国防科工委部队在艰苦环境工作中，形成了以"自力更生、艰苦奋斗、实事求是、大力协同、无私奉献"为主要特色的"五种精神"，这是我党我军优良传统与我们这支部队实际相结合的产物，是全体指战员长期积累起来的精神财富。各条战线上的先进集体和先进个人，在发扬"五种精神"中，发挥了先锋模范作用，从他们身上可以看到国防科技事业的未来和希望。

在 1999 年 5 月 6 日，原中顾委常委、国务委员张劲夫同志，在《人民日报》上发表了《请历史记住他们——关于中国科学院与"两弹一星"的回忆》的文章。

新华社为文章加的编者按指出，张劲夫于 1956 年至 1967 年曾任中国科学院党组书记、副院长，主持中国科学院的日常工作。在周恩来总理、聂荣臻元帅的领导下，张劲夫同志组织中国科学院的科学家和科技人员参与"两弹一星"的研制工作，为中华民族赢得国际地位作出了重要贡献。86 岁的张劲夫同志最近郑重地将这段历史公之于世。在他的这篇回忆文章中，不但有党和国家领导人运筹帷幄的历史场景，更有中国科学家的英雄群像，他们是中华儿女的杰出代表。

张劲夫在文章最后写道：

> 我作为我国研制"两弹一星"的历史见证人之一，我能够在这里提到的人必是挂一漏万。我提议，让我们一起对为中国的"两弹一星"事业作出贡献的所有科学家、科研人员、工程技术人员、管理工作者、工人和解放军指战员致敬！向为了这一伟大事业而献身的同志表示深切的怀念与哀悼！
>
> 请历史记住他们！

二、 闪光精神

● 在祖国的大漠戈壁腹地，一朵令中华民族振奋的蘑菇云直冲云霄。于敏深情地注视着这朵在眼前盛开的奇异云朵，热泪夺眶而出……

● 王淦昌深情地说："人之一生，还有什么比把自己的微薄之力贡献给祖国更有价值，还有什么比看到祖国的日益强大更值得自豪呢？"

● 邓稼先一个人走进那片死亡之地，他很快找到了核弹头，用手捧着，走了出来……

于敏填补我国原子核理论空白

1960 年年底，二机部副部长、原子能研究所所长钱三强任命中国科学院副研究员于敏为"轻核反应装置理论探索组"，即乙项任务的副组长。

此时，于敏年仅 34 岁。要论资排辈，如此重大的任务轮不到他。但是，钱三强深知国家最需要的是什么样的人才，他也相信于敏的才干。

让钱三强感到有些担心的是：于敏任副组长，从原子核理论转向核武器研究，有一个转变研究方向的问题。于敏是一个钟爱基础研究的科学家，他会同意转变自己的研究方向吗？

出乎钱三强的意料，于敏竟然十分痛快地答应了。

后来，于敏说："钱三强先生希望我能参加氢弹原理基础的研究工作。我自幼对民族所受欺压有切肤之痛，为了祖国的安全，我毅然地投入工作中。"

就这样，于敏怀着对祖国强烈的热爱，开始在未知的氢弹理论世界里进行探索。他全身心地投入到这项新的事业之中。

于敏深知，从原子核理论转到氢弹的研究以后，自己所掌握的知识难以满足工作需求，因此，必须在短期内掌握氢弹原理。

为了迅速成为精通氢弹理论的专家，于敏废寝忘食，昼夜苦读。他细心地研习了等离子体物理、爆轰物理、流体力学、辐射输运、计算物理、中子物理等学科的知识，很快就系统地掌握了有关氢弹的理论。

一天，一位专家告诉于敏，国外资料上登出了一个新的截面试验，其数据非常理想。此事涉及氢弹设计的难点问题，大家都非常关注。但是，如何验证其数据的可靠性呢？

于敏知道，如果按照常规的方法进行重复试验，不仅要花费大笔的经费，而且需要两三年的时间。到底应该怎么办呢？

于敏认真阅读了有关资料，然后全身心地投入到对这些资料的分析和论证之中。

经过两天的思考，于敏感到十分疲惫，但他依旧无法入睡，躺在床上，还在苦苦思索着这些资料。

不觉已到了三更时分，于敏依旧在床上翻来覆去，难以入眠。于敏的妻子孙玉芹急忙取出安眠药，看着于敏服下。

可是，于敏依旧无法进入梦乡。孙玉芹没办法，只好打开灯，坐起来，默默地陪伴着丈夫。

屋里十分寂静，只有闹钟在滴答滴答地前进着。

突然，于敏一跃而起，一把抓住孙玉芹的手，兴奋地说："玉芹，我知道了！"

孙玉芹尽管有些迷惑，但她端庄的脸上也露出了笑

闪光精神

容，她急忙向于敏询问。

于敏手舞足蹈地说："三言两语也解释不清，你等着，我先去告诉同事们。"

在专题报告会上，于敏从核反应的基本原理出发，抓住物理机制中的主要矛盾，比较了诸多物理因素，然后通过逻辑推导，顺理成章地得出科学的数值，证实国外的数值不可信。

大家听到于敏的这番话，恍然大悟，他们都兴奋地说："我们根本就没必要去耗费那么长的时间、那么多的精力去重复这个试验！"

不久，国外的刊物报道，原来的数据有误。这个事实证明，于敏的结论是完全正确的！

三年困难时期，于敏得了浮肿病，但他忍住病痛的折磨，依然坚持着自己的科研工作。

于敏马不停蹄地仔细查看那堆积如山的资料，往往一看就是几个小时。他一会儿看结果，一会儿分析物理图像……

于敏从原子弹起爆开始，尝试分解氢弹可能的动作过程。这是一个费尽心血、充满艰辛的研究过程。在工作中，于敏不断提出、也不断遇到难以解决的问题和矛盾。

于敏没有被困难压垮，更没有被错综复杂的表面现象所迷惑。

于敏多次召开民主讨论会，对眼前的现象和问题进行冷静分析，他在集思广益的基础上，鼓励同事们继续探索。同时，他自己也在成千上万个数据中不断进行比较和分析，渐渐发现新的规律和思想，然后，他又将这些新思想做详尽的论述，使大家统一认识。

在那特殊的年月，科研工作几乎成了于敏生命中的唯一追求。

于敏在工作中常常会进入痴迷的状态。

于敏的战友黄祖洽说："于敏可以为解决一个难题而做到看书、吃饭、行走，甚至睡觉时都倾心思考，直至找到答案。"

那时候，于敏家十分拥挤，5口人住在一间房子里。

每天晚上，于敏只好把桌子让给女儿写作业，自己在床上摆战场。

睡觉时，于敏又来到走廊的电灯下，由于灯太高，于敏只好站着看书和思考。实在太累了，他就在走廊中来回走几趟。

有时候，于敏会在睡梦中突发灵感，深更半夜醒来，立即伏案工作……

就这样，于敏和大家一起，从傍晚奋战到黎明，从黎明又奋斗到傍晚，常常忘记吃饭、睡觉。

他不知疲倦地工作，不断地提出问题、解决问题，把工作逐渐引向胜利的彼岸。

在于敏的带领下，大家都以百倍的热情投入氢弹的研究工作中去，以惊人的速度，很快完成了大量的基础研究课题。

后来，于敏在回忆起这段工作时笑着说："历史证明，当时我们研究的方向、思路、方法是科学的，发现的现象和规律是正确的，奠定了许多探索氢弹必不可少的应用基础……"

1966年年底，在新疆罗布泊核爆炸试验基地，为确保测试拿到满意结果。于敏冒着零下三四十度的严寒，在半夜爬上高达100多米的试验铁塔的塔顶，检查、校正测试项目的屏蔽体的安置。

1966年12月28日，中国有史以来首次进行了氢弹原理爆破热试验！

在祖国的大漠戈壁腹地，一朵令中华民族振奋的蘑菇云直冲云霄。于敏深情地注视着这朵在眼前盛开的奇异云朵，热泪夺眶而出，心中像那翻腾的蘑菇云一样无法平静……

这时，距我国原子弹爆炸成功仅两年零两个月。

西方科学家惊呼："中国闪电般的进步，对西方来说像神话般不可思议……"

当人们在欢庆时，于敏却悄悄地走进了办公室，他非常冷静地说："这是万里长征走完的第一步，仅仅是成功的起点，今后，还有许多工作等待着我们去完成。"

于敏对中国氢弹事业的杰出贡献，赢得了无数人的称赞与敬佩。

钱三强在谈到于敏时说："于敏填补了我国原子核理

论的空白。"

中国科学院院士彭桓武则认为："原子核理论是于敏自己在国内搞的，他是开创性的，是出类拔萃的人，是国际一流的科学家。"

由于于敏在氢弹方面的杰出贡献，他被称为中国的"氢弹之父"。

于敏在荣誉面前，表现得非常平静，在谈到他早年进行的氢弹理论探索工作时，他说：

> 一个现代化国家没有自己的核力量，就不能有真正的独立。面对这样庞大的题目，我不能有另一种选择。一个人的名字，早晚是要没有的。能把微薄的力量融进祖国的强盛之中，便足可自慰了。

中国科学院地理所刘光鼎院士，这样评价他的学兄和挚友：

> 淡泊名利、专心致志、献身科学、科学报国是于敏的特点，也是他事业有成的原因之一。

王大珩开创研制精密光测设备先河

1962 年，国防科委核试验基地研究所副所长程开甲要求长春光学机械研究所在一年半内，提供测试原子弹爆炸性能的技术途径。

程开甲用充满期待的目光注视着长春光学精密机械研究所所长王大珩，十分郑重地说："光学测试方案怎么搞，要靠你们了。"

当时，王大珩意识到自己肩负的担子，他把这项任务叫作"天字第一号任务"。

从此，王大珩全身心地投入到光学测试工作之中，就连节假日也不休息。

那时候，王大珩的办公室里，灯光总是亮到很晚，有时，为了弄清楚一个测试方面的问题，王大珩不断地查找资料，皱着眉头沉思，甚至彻夜不眠。

同事们劝说王大珩休息，王大珩却十分认真地说："谁剥夺我工作的权利就是剥夺我的生命。"

经过一段时间的思考，王大珩逐渐找到解决问题的好办法。他决定利用长春光机所和西安光机所的综合技术优势，采用以高速摄影和测量的手段获取火球发光动态的观测数据。

接下来，在王大珩的带领下，大家夜以继日地工作着，仅用不到一年的时间，便研制出合格的光学测试仪器。

在第一次核爆炸试验中，有关人员采用王大珩和他的同事们设计出的光学测试仪器，胜利地完成了测量的任务。

在我国第一颗原子弹爆炸成功的那天，王大珩邀请几位同事一起庆祝。席间，他说了一句当时大家谁也没有听懂的话："要是再晚半年就好了……"

半年前，王大珩的父亲王应伟去世了。

因为科研工作繁忙，王大珩没有时间照料年迈的父亲，为此，他心中一直对父亲深怀内疚之情。

后来，王大珩想到父亲一生抱着科技强国的梦想，却没能分享儿子亲自参与的我国第一颗原子弹成功爆炸的喜悦，不禁百感交集。

王大珩不仅按时为"两弹一星"提供高质量光学设备，而且开创了我国自行研制大型精密光测设备的历史。

20 世纪 70 年代，王大珩主持制订全国第一个遥感科学规划，领导了综合性的航空遥感试验。

王大珩的这些努力，有力地推动了中国卫星事业的发展，为祖国争得了荣耀。

王大珩一直对祖国怀有深厚的感情，他曾经充满深情地说：

> 科技人员是有祖国的，他为祖国谋利益而受到人民的尊重。

王希季设计第一枚运载火箭

1958 年，上海交通大学教授王希季正准备赴德国教学，突然接到去上海机电设计院报到的通知。

当时，王希季只有 37 岁，就被任命为上海机电设计院的技术负责人，承担中国第一枚探空火箭的研制任务。

王希季至今还记得当时设计院简陋的研制条件。他和同事们既没经验，又没资料，也没专家，一切都要从零开始。

王希季没有被这些困难吓倒，他带领着平均年龄只有 21 岁的"娃娃队伍"，开始了边学边干的艰辛探索。

王希季带领大家制订出一个既立足国内技术和工业基础而又达到一定水平的研制方案。

王希季和他的"娃娃队伍"仅用了短短 9 个月的时间，主持研制的我国第一枚液体燃料探空火箭 T－7M 就奇迹般地诞生了。

1960 年 2 月 19 日，在上海郊区一个用稻田改建成的简易发射场上，我国第一枚液体燃料探空火箭 T－7M 昂然屹立在发射架上，它的飞行高度预计为 8 到 10 公里。

王希季和他的同事们借来一台 50 千瓦的发电机，又用芦席围起一个"发电站"，这台发电机就开始在"发电站"里工作了。

当时，没有任何通信设备，王希季只好站在用麻袋堆积起来的半人高的"指挥所"里，用挥舞的手势和大声的喊叫，指挥着 T－7M 的发射。

他们没有自动跟踪火箭的仪器，只好自己动手，用土办法制造人工跟踪天线。这种人工跟踪天线需要几个人用手把着才能旋转和俯仰，他们还要用自行车的打气筒一下一下地把推进剂压进储备箱中……

王希季在麻袋后面，全神贯注地指挥着。

突然，王希季冲出"指挥所"，用已经嘶哑的嗓子大声喊道："发射成功了!"

大家疲惫的脸上都露出了的笑容，他们来不及擦去脸上的汗水，就忘情地欢呼起来。

这次试验成功，是中国自行研制的液体燃料火箭技术取得的一个具有工程实践意义的成果。

在王希季的主持下，我国卫星部门大量采用新技术，并突破一系列技术关键，使卫星增大了功能，延长了寿命。

1964 年，由王希季担任总体方案论证和设计的第一个卫星运载火箭，即"长征－1"号，把我国第一颗人造卫星送上了天。

1975 年 11 月 26 日，由王希季设计的中国第一颗返回式卫星穿云破雾，飞上太空。

当人们都沉浸在发射成功的喜悦中时，王希季却提着简单的行李，匆匆赶往卫星测控中心。

王希季还要等待着送走的这颗卫星再乖乖地返回地面。

那几天，王希季时刻关注着这颗卫星，连睡觉都"睁"着眼睛。

3天后，在王希季充满期待的注视下，天空中终于出现了一顶红白相间的降落伞，王希季知道卫星准时返回，疲惫的脸上露出了欣喜的笑容。

这颗卫星的回收成功，使中国成为继美国、苏联之后，世界上第三个掌握卫星返回技术的国家。

叶剑英副主席怀着喜悦的心情，在卫星试验结果报告上挥毫批下7个大字：

返回式卫星有功！

王淦昌领导首次地下核试验

1960 年年底，著名学者王淦昌从苏联杜布纳联合核子研究所奉调回国。

1961 年 3 月的一天，回国不久的王淦昌，精神抖擞地登上二机部大楼。刚走进二楼部长办公室里，他就看到时任二机部部长的刘杰和著名科学家钱三强正在等着他。

刘杰部长向他转达了党中央的决定，要求他 3 天之内到核武器研究所报到。

王淦昌知道，如果接受这个决定，就意味着他从此将要离开自己熟悉的、并且已经取得重要成果的基础研究工作，去改做他不熟悉的应用性工作。但是，王淦昌毫不犹豫地同意了，当时，他只说了一句话："我愿以身许国。"

第二天，王淦昌就到核武器研究所上班了。

54 岁的王淦昌是当时参与研制核武器的年龄最大的科学家之一。

此前，王淦昌因为发现反西格码负超子而轰动世界，已是名扬天下。

王淦昌说："能为国家兴亡出点力就是光荣的，大家就欢迎，否则受人唾弃。岳飞和秦桧就是一例，我从小就想着要做岳飞那样的人。"

王淦昌是这样说的，也是这样做的。由于保密的需要，王淦昌化名"王京"。

王淦昌告别家人，独自来到西北核武器研制基地。

那时候，基地刚刚开始建设，各方面条件都很差，又是在海拔 3200 米的青海高原，高寒缺氧。在这样艰苦的自然环境里，年轻人走路快了都会喘气，年过半百的王淦昌却毫不在意。他坚持深入到车间、实验室和试验场地，去了解情况，指导工作，兴致勃勃地和同志们讨论问题，常常和大家一起工作到深夜。

对每项技术、每个数据、每次试验的准备工作，王淦昌都严格把关，保证了一次次试验都获得成功。

在"原子城"有一栋黄色的将军楼，里面住的大多是王淦昌、彭桓武、郭永怀这样的原子弹研究核心科学家。

当时参加过制造原子弹工作的原 221 厂工程师陈飞后来回忆说：

> 王淦昌虽为权威的核物理学家、两弹的核
> 心科学家，但他还是经常与普通科研人员一起
> 研究设计方案……

20 世纪 60 年代中期，陈飞刚到"原子城"，就经常见到王淦昌，还在他的指导下进行相关的试验和设计。

对于科学研究，王淦昌容不得一点马虎和拖沓。他总是叮嘱大家："必须做到万无一失。"

1969 年，在王淦昌的带领下，有关人员开始进行我国首次地下核试验的准备工作。

一次，大家在戈壁滩花岗岩层里的平洞里进行试验，科技人员和战士们并肩在坑道里工作。

然而，洞里的通风条件跟不上，还不时地冒出氡气，浓度超剂量不断增加。

王淦昌发现问题后，立即采取一系列的有效措施，并组织人员，昼夜防护监测。

没想到，王淦昌的做法却遭到一些人的批判，他们讥笑王淦昌的这种做法是"活命哲学"。王淦昌立即反驳说："什么'活命哲学'？这是科学，科学最讲实事求是！"

就这样，王淦昌在极其艰苦的条件下，不顾自己年事已高，与其他杰出科学家一起，隐姓埋名，研制原子弹和氢弹，为我国的"两弹一星"事业作出了巨大的贡献。

王淦昌在谈到自己隐名埋姓从事核试验时，他充满深情地说：

> 人之一生，还有什么比把自己的微薄之力贡献给祖国更有价值，还有什么比看到祖国的日益强大更值得自豪呢？

闪光精神

邓稼先主持研制第一颗原子弹

1958 年秋，正值菊花盛开的时节，二机部副部长钱三强找到邓稼先，笑着说："稼先，国家要放一个大炮仗，调你去做这项工作，怎么样？"

邓稼先一愣，接着立刻领悟到钱三强所说的大炮仗就是原子弹。他来不及细想就说："我能行吗？"

钱三强向邓稼先讲述了研制原子弹的任务和意义，邓稼先陷入了沉思。

邓稼先明白，搞原子弹研制工作，必须从此隐姓埋名，这将会意味着无数个不能：不能发表学术论文，不能公开作报告，不能出国，不能随便和别人交往，不能说自己在什么地方，不能……

此时的邓稼先，还是一个年仅 34 岁的年轻人，生活对于他来说，应该是多姿多彩的。

但是，当邓稼先考虑到新中国需要原子弹来壮国威的时候，强烈的爱国激情使已过而立之年的他热血沸腾，他十分坚决地表示自己服从组织的调动。

这一天，邓稼先回家比平时晚了些。他进家门时，4 岁的女儿典典正和两岁的儿子平平玩耍，一切和平时一样，妻子许鹿希随口问了一句："今天怎么晚了？"

邓稼先只点了点头，没有回答。他草草吃过饭，沉默地坐了一会儿，就独自上了床。

这天晚上，邓稼先翻来覆去，怎么也睡不着。其实，此时的许鹿希也难以入眠。

许鹿希后来回忆说：

当时他跟我说，他要调动工作，我问他调哪儿去，他说这不能说，做什么工作他也不能说。我说你给我一个信箱的号码，我跟你通信，他说这不行。反正当时弄得我很难过。

我那时30岁，他34岁，孩子很小，我又不知道他干什么去。可是他态度很坚决，他说他如果做好这件事，他这一生就活得很有价值。听他这么说，我当时就感觉到他已经下决心了，后来他突然又说了一句，就是为它死了也值得。他说这话时哭了。我说你干吗去，做什么事情要下这个决心。

从此，邓稼先的名字在各种刊物和对外联络中消失，他只出现在设有严格警卫的深院里和大漠戈壁上。

邓稼先担任二机部第九研究所理论部主任后，立刻挑选了一批大学生，准备有关俄文资料和原子弹模型。

1959年6月，苏联政府中止原有协议，党中央决心自己动手，搞出原子弹、氢弹和人造卫星。邓稼先担任了原子弹的理论设计负责人。

邓稼先部署同事分头研究计算，他自己也带头攻关。

在遇到一个苏联专家留下的核爆大气压的数字时，邓稼先在周光召的帮助下，经过无数次的反复研究和推理，以严谨的计算推翻原有的结论，解决了中国原子弹试验成败的关键性难题。

邓稼先不仅在秘密科研院所里费尽心血地工作着，他还经常到飞沙走石的戈壁试验场里进行试验。

茫茫戈壁滩上，穿着旧军大衣的邓稼先在风沙中勘测原子弹试验场。就这样，邓稼先冒着酷暑严寒，在试验场度过了整整10年的单身汉生活，他15次在现场领导核试验，掌握了大量的第一手材料。他虽长期担任核试验的领导工作，却本着对工作极端负责任的精神，在最关键、最危险的时候出现在第一线。

为了推进中国原子弹事业的发展，邓稼先早已将个人生死置之度外。核武器插雷管、铀球加工等生死系于一发的险要时刻，邓稼先都站在操作人员身边，既加强了管理，又给作业者以极大的鼓励。

一次，在戈壁滩上，核弹点火后却没有爆炸，众人面面相觑。

爆炸失败后，几个单位在推卸责任。为了找到真正的原因，必须有人到那颗原子弹被摔碎的地方去，找回一些重要的部件。

邓稼先说："谁也别去，我进去吧。你们去了也找不到，白受污染。我做的，我知道。"

邓稼先一个人走进那片地区，那片意味着死亡的危险之地。他很快找到了核弹头，用手捧着，走了出来。

经过检验，最后证明这次爆炸失败是因为降落伞的问题。

邓稼先妻子许鹿希是个医学教授，当她知道丈夫"抱"了摔裂的原子弹以后，心中焦急万分。

邓稼先回北京时，她强拉着他去检查。结果发现在他的小便中带有放射性物质，肝脏被损，骨髓里也侵入了放射物。

许鹿希面对检验报告，泪流满面。邓稼先安慰妻子以后，仍然坚持回导弹试验基地。

就是这一次，邓稼先的身体受到极大的伤害，埋下了他死于射线之下的死因。

1964 年 10 月，邓稼先签字确定了中国成功爆炸的第一颗原子弹的设计方案。

1964 年 10 月 16 日，在我国西部上空爆炸了一颗中国人自己研制的原子弹。全中国都沸腾了。

这时候，著名物理学家、钱三强的老师严济慈来到他的好友许德珩家。话题当然是谈原子弹。

许德珩悄声问："是谁有这么大本事，把原子弹搞出来了？"

"嘿，你还问我，问你的女婿呀！"严济慈笑个不停。

"我的女婿？邓稼先？"许德珩惊愕不已……

接下来，邓稼先又同于敏等人投入对氢弹的研究，

闪光精神

终于制成氢弹，并于原子弹爆炸后的两年零两个月试验成功，创造了世界上最快的速度。

几年后，北京三〇一医院，邓稼先因放射性影响，身患癌症，年仅 52 岁，就与世长辞。

邓稼先在病重期间，曾经拉着许鹿希的手，深情地向她描述原子弹爆炸的壮丽景象：奇异的闪光，比雷声大得多的响声翻滚过来，一股挡不住的烟柱笔直地升起……

接着，邓稼先十分激动地说：

我不爱武器，我爱和平，但为了和平，我们需要武器。假如生命终结后可以再生，那么，我仍选择中国，选择核事业。

朱光亚领导核武器研制工作

1957 年，钱三强决定，推荐北京大学物理系教授朱光亚担任中科院原子能所物理实验室的副主任。

后来，钱三强在谈到当时为什么推荐朱光亚时说：

朱光亚那时还属于科技界的"中"字辈，选他到原子能所，是因为他有以下长处：

第一，他具有较高的业务水平和判断事物的能力；

第二，他有较强的组织观念和科学组织能力；

第三，他善于团结人，既能与年长些的室主任合作得很好，又受到青年科技人员的尊重；

第四，他年富力强，精力旺盛。

……

1959 年 7 月 1 日，35 岁的朱光亚奉命调到二机部，担任核武器研究所副所长和第四技术委员会副主任，承担起中国核武器研制攻关的技术领导重担。

同时，朱光亚还负责点火等主要技术课题的攻关指导工作。朱光亚一上任，就立刻投入到紧张的工作中。

他积极协助副部长钱三强，组建机构、调集人员、筹备设施，很快组建成一支中国核武器的研制大军。

中苏关系恶化以后，苏联给我国的原子弹设计工作带来极大的困难。朱光亚面对这些艰难险阻，十分坚定地说："我们就从苏联专家所作报告中留下的'残缺碎片'开始研究……"

1962年9月，二机部提出著名的两年规划，即：争取在1964年下半年或1965年上半年爆炸第一颗原子弹的奋斗目标。

朱光亚又一次深深地意识到自己肩负的重担，从此，他变得更加忙碌了。

朱光亚经过反复思考，明确提出核爆炸试验应该分两步走：第一步先以塔爆方式进行，第二步再以空投方式进行。

后来的实践证明，这是一个切实可行的方案，对于中央正确决策起到了关键的作用。

11月3日，毛泽东仔细审阅这份报告，十分高兴地在上面批示：

同意，很好。要大力协同，做好这件工作。

在朱光亚带领下，广大科研人员经过夜以继日的艰苦奋斗，终于在中国的原子弹设计理论方面有了重大突破。

朱光亚作为研究所的主要领导人之一，负责全面的科研组织工作。他既抓技术指导、业务协调，又抓科研队伍的建设和管理。他那严谨细致、认真负责的工作作风，对核武器研制的成功起到了十分重要的作用。

1964 年 10 月 16 日 15 时整，随着一声响亮的"起爆"，大漠中骤然闪出一道令人目眩的强光，一朵黄褐色的蘑菇云腾空而起。

朱光亚亲眼看见了这幅惊心动魄的壮观画面，向来老成持重的他，此时却是激动万分。

这天晚上，在试验基地举行的庆功宴会上，朱光亚喜笑颜开，和大家开怀畅饮，直到喝得酩酊大醉。

邓小平曾说："'两弹一星'这些东西反映一个民族的能力，也是一个民族、一个国家兴旺发达的标志。"

中国研制成功原子弹，不但为保卫国家安全起到重大作用，而且反映了我们这个民族开始从落后走向强盛、走向复兴，这是炎黄子孙的光荣与骄傲。

对于中国原子弹的研制成功，朱光亚功不可没。

在第一颗原子弹爆炸成功前，在核工业部副部长钱三强的精心安排下，氢弹的理论探索就已经在原子能研究所开始了。

1965 年年初，这个研究小组被调到核武器研究所同这里的研究人员一起攻关。在朱光亚、彭桓武副所长的精心指导下，由邓稼先、周光召、于敏组织理论研究人员和有关专家，经过认真总结分析，详细制订了探索氢弹的理论研究计划。

经过大家半年多的刻苦钻研，中国的氢弹事业获得了飞速的发展。

1966年12月28日，中国的氢弹原理试验获得圆满成功。

1967年6月17日，我国第一颗氢弹爆炸成功。

在研制原子弹和氢弹的过程中，朱光亚成功地组织了王淦昌、彭桓武、郭永怀、程开甲、邓稼先、陈能宽、周光召、于敏等中国杰出科学家和工程技术人员进行"两弹"研制，被称为杰出的"科技帅才"。

钱三强曾经高度称赞朱光亚为中国原子弹事业作出的贡献，他说："实践证明，朱光亚不仅把担子挑起来了，很好地完成了任务，作出了贡献，而且现在已经成为我国国防科学技术工作的能干的组织者、领导者之一。"

但是，朱光亚从来不愿意提及自己的功劳，他表现出科学家虚怀若谷的博大胸怀。

在有关国防科技回忆史料的文献中，都有朱光亚撰写的文章，但他从来都是只谈别人的贡献，不谈自己。

朱光亚曾经十分诚恳地说："核武器研制是一项综合性很强的大工程，需要有多种专业、高水平的科学家与工程技术人员通力协作。"他特别提到了钱三强、王淦昌、彭桓武等科技专家不可磨灭的功勋。

朱光亚在别人称赞自己的时候，总是淡淡一笑，十分谦虚地说："过奖了。要说做了一些工作，那是大家做的。我个人并没有什么值得称道的地方。"

孙家栋负责第一颗卫星设计

1967 年 7 月，北京正值炎热的夏季，担任国防部五院一分院火箭总体部副主任的孙家栋正满头大汗地趴在火箭图纸上搞设计，为了不让头上的汗珠流下来，他用一条毛巾围在脖子上。

这时候，一位叫汪永肃的军人走进孙家栋的办公室。

汪永肃十分郑重地对孙家栋说："为了确保第一颗人造卫星的研制工作顺利进行，中央决定组建中国空间技术研究院，由钱学森任院长。钱学森向聂荣臻元帅推荐你了，根据聂老总的指示，决定调你去负责第一颗人造卫星的总体设计工作。"

听说是钱学森点将，聂老总亲自批准的，孙家栋心里十分激动。他当即表示愿意无条件服从组织的安排。

八一建军节刚过，孙家栋就扛着被卷和书箱去中国空间技术研究院报到了。

此时，孙家栋深知发射卫星是一个庞大而复杂的系统工程，他感觉自己肩负的担子很重。

孙家栋面临着无数的难题：如何尽快组建卫星总体设计部？如何按工程的研制规律一步步往下走？各系统怎样连接起来？连接起来后又怎样做试验……

一个个难题好似一座座大山，摆在孙家栋的面前。

孙家栋经过认真思考，决定从组建队伍抓起。

孙家栋在全面了解了卫星研制情况的基础上，用两个多月的时间，详细考察各部门有特长的技术骨干，尔后从中挑选出后来被称为"航天十八勇士"的干将。

孙家栋后来回忆说：

> 形成一个队伍是非常难办的一件事情。两个单位，要真正把它混合起来，这里头人事关系什么关系都是复杂的。
>
> ……

"航天十八勇士"聚会，使卫星总体设计部如虎添翼。接着，孙家栋立刻着手主持第一颗卫星总体和分系统技术方案论证工作，他从系统工程的观点出发，重新制订"东方红－1"号卫星的总体技术方案和研制任务书。

这段时间，科研人员加班加点做设计、搞试验，努力攻关，解决了一系列技术问题。

就在孙家栋组织研制"东方红－1"号卫星的时候，法国也发射了人造卫星，成为第三个能发射卫星的国家，亚洲的日本也在紧锣密鼓加快准备。

面对这种局面，孙家栋对原来的卫星方案进行了简化。他后来比喻说，这种简化是把一辆汽车变成了平板车。

孙家栋还提出这样的要求：在新的目标中，卫星必须要做到上得去，跟得上，看得到，听得见。

在此期间，孙家栋以身作则，全力以赴投入到卫星的研制工作中去。以至于在他的第二个孩子出生时，他竟然全然不知。孩子出生后几天，孙家栋才出现，他只看了一眼孩子，就匆匆忙忙回到工作岗位。

1969 年 10 月，"东方红 - 1"号卫星初样基本告成。百忙中的周恩来要听取卫星工作汇报。

孙家栋用一天的时间把汇报的内容做了认真的准备，并把周恩来要亲自过目的卫星初样也做了妥善安排。

这一天晚上，孙家栋早早吃罢晚饭，就开始忙着换衣、洗脸、刮胡子，收拾得干净利落之后，他才坐上早在门口等候的小车，向人民大会堂驶去。

当钱学森把孙家栋介绍给周恩来时，周恩来亲切地握住孙家栋的手，风趣地说："哟，这么年轻的卫星专家，还是小伙子嘛!"

孙家栋满脸通红地笑了，人也顿时轻松下来。接下来，孙家栋向周恩来汇报了卫星研制的具体问题，周恩来认真地听着。

在这次会谈中，周恩来用他的远见卓识帮助孙家栋解决了不少难题。这次会谈以后，孙家栋工作起来更加废寝忘食了……

为了让卫星升空后能让地面"看得见"，孙家栋和同事们绞尽脑汁。根据对卫星目视亮度的计算，卫星很暗，地面上根本看不见，于是他们就和搞火箭的同事商量，后来终于想出了一个"借光"的办法。让末级火箭和卫星一起运行，并且在末级火箭上安上一圈增加亮度的观测裙。这样，卫星不就可以借光，让地面上看见了吗？

孙家栋后来回忆说：

> 为了能让地面看见，我们想了很多办法。因为咱们卫星是 1 米直径，做大了，咱们火箭不行。但是 1 米直径的卫星，找搞天文的人问，他说这一米直径卫星在天上飞，地面看不见。想办法把它抛光，把它做得非常亮……

1970 年 3 月 21 日，"东方红－1"号卫星终于完成总装任务，达到发射要求。

1970 年 4 月 24 日，全国人民竞相奔走相告：中国第一颗人造地球卫星上天啦！

那天晚上，当"东方红－1"号卫星高奏着《东方红》乐曲从北京上空飞过时，卫星技术总负责人孙家栋正在航天科技集团公司中国空间技术研究院值班，他仰望星空，百感交集，激动的泪水夺眶而出。

孙家栋对星空有一种特殊的感情。每当他仰望浩渺苍穹的时候，总是感慨万千。也许一位卫星专家的心境，只有那深邃神秘的宇宙才能够真正读懂。

"东方红，太阳升，中国出了个毛泽东……"每当听到这首老歌，孙家栋都会怦然心动。

任新民领导火箭和卫星研制

1953 年 12 月，刚从美国回国两个月的钱学森来到哈尔滨军事工程学院参观考察，哈尔滨军事工程学院的教授任新民陪同他参观学院的实验室。

钱学森和任新民一见如故，热烈地交谈起来，他们互相交换了对我国研制火箭的见解。

任新民还陪同钱学森拜会哈尔滨军事工程学院的陈赓院长。陈赓热情地接待了他们。

在谈话的过程中，陈赓充满期待地看着钱学森和任新民，问："我国能不能搞得出导弹？"

钱学森和任新民相互交换了一下眼色，都神情郑重地点点头。

12 月下旬，美丽的冰城哈尔滨正值雪花飞舞的时节，任新民经过反复考虑，和周曼珠、金家骏两个教授一起，写出《对研制火箭武器和发展火箭技术的建议》，呈交哈尔滨军事工程学院的领导。

不久，哈尔滨军事工程学院的领导认真审阅了这份建议，十分郑重地征求了专家的意见，对这份建议进行了修改，然后上报军委。

1956 年 1 月 20 日，彭德怀主持军委会议，讨论通过了这个建议，拉开了我国发展导弹的序幕。

1956 年春，正值春暖花开的时节，在周恩来的亲自主持下，国务院组织全国数百名专家集中在北京，制定了《1956—1967 年科学计划发展远景规划纲要（草案）》。

任新民参加了这份纲要的起草工作，他针对中国的实际情况，特别提出开展地对空、空对空各种防御性战术导弹的研究。

1956 年 8 月，任新民奉调进京，参加国防部导弹研究院筹建工作。10 月，国防部导弹研究院正式成立，钱学森任院长，任新民任总体室主任，开始艰苦创业。

任新民为了卫星事业的发展，废寝忘食地工作着，有时甚至达到了忘我的地步。

1965 年 6 月，"东风－2"号中近程导弹发射成功，任新民是副总设计师。

1970 年 4 月 24 日晚上，我国第一颗人造卫星"东方红－1"号升空，令世界震惊。

5 月 1 日晚上，毛泽东在天安门城楼上接见有功人员。当时，任新民有些不好意思，他躲在人群后面。当周恩来向外宾介绍他时说："任新民同志，请到前边来，不要老往后边躲，你的座位在我这边……"

当周恩来把任新民介绍给毛泽东时，周恩来微笑着说："他就是我们放卫星的人。"

毛泽东面露赞许，连声称赞任新民说："了不起！了不起！"

1975 年，任新民被任命为七机部副部长，专门领导运载火箭和卫星的研制、生产和飞行试验工作，连续成功发射 3 颗卫星，特别是使用"长征－2"号运载火箭成功发射和回收第一颗返回式卫星，成为继美、苏之后世界上第三个掌握卫星回收技术的国家。

任新民一直埋头于航天科研工作中，从来没时间注意自己的衣着打扮。从外表来看，他确实像一名普通人，以至于遇到不少尴尬的事情。

一次，任新民出差到上海，被安排在和平饭店的高级套房。傍晚，任新民开完会，他和秘书一起回饭店，在路上，任新民仍然在思考着会议上讨论的问题，他一边想，一边像往常一样快步向前行进。

任新民走到电梯旁边的时候，门卫急急忙忙赶来，他问任新民："老师傅，侬找啥人，请先登记。"

任新民的秘书立即说出房间号，但是，为了安全考虑，他没有说出任新民的身份。

门卫听说任新民住的竟然是本店的高级套房，感到十分疑惑，他上上下下打量着任新民。

此时，任新民身着深蓝色中山服，脚登黑布鞋，一副老式眼镜横架在鼻梁上，再加上晒黑的皮肤，慈眉善目，活脱脱像是一位老工人。

门卫面露为难之色，他迟疑片刻，突然奔向前台。

前台的工作人员证实了任新民的身份。

门卫连忙跑过来，面露羞愧之色，他红着脸对任新民说："对不起，对不起。"

事后，饭店经理亲自到任新民房间看望他，还满怀歉意地说："任部长，我们的门卫没有礼貌，我们的工作没做好，很抱歉。"

任新民淡淡一笑，说："门卫这样做是对的，他这种对工作认真负责的精神应该受到表扬啊！"

1980 年 5 月，我国向太平洋预定海域发射第一枚远程运载火箭，任新民是发射首区技术总指挥，试验圆满成功，并打捞回收。

1984 年 4 月，"东方红－2"号通信卫星成功定点在赤道上空同步轨道，我国成为世界上第五个掌握同步卫星技术的国家。任新民是总设计师之一。

任新民经历了我国航天事业从创建起步到发展壮大的全过程，直接参与领导了我国所有战略导弹、运载火箭和人造卫星的研制发射，被誉为中国航天"总总师"。

任新民荣立过一等功，两次通令嘉奖，荣获两项国家科技特等奖、"两弹一星功勋奖章"。

面对这些殊荣，任新民始终保持一颗平常心。当人们称任新民为"航天泰斗"时，他立即说："请别这么称呼我，我只不过是一名普通的科技人员。"

任新民在接受采访的时候，十分谦虚地说："不要宣传我个人如何，把谁放在这个总设计师的位置上，由他牵头，国家领导重视，全国八方支援，谁都会作出成果来。如果说有所成就，并不能说我有什么特殊本领，我只是比较认真而已。"

吴自良攻克铀分离膜技术难题

1960 年，上海冶金陶瓷所冶金所副所长吴自良接受了一项十分特殊的任务。这项任务就是研制铀分离膜，即提炼浓缩铀的"心脏"。

这是中国的原子弹研制工作面临的一个重大难题。

当时，只有美国、英国、苏联和法国掌握制造分离膜的技术，但这些国家均把"甲种分离膜"列为绝密级国防机密，严禁扩散。于是，毛泽东亲自布置了研制任务。

这一任务落到了冶金所。

领任务时，当时的二机部副部长兼原子能所所长钱三强指示：

> 有人预言没有外援，中国的核工业将成为一堆废铜烂铁，更不用说造原子弹了。这其中的关键技术是制造用来生产浓缩铀−235 的分离元件。

于是，50 多名专家、科研人员会聚中国科学院上海冶金陶瓷所冶金所，组成第十研究室，由副所长吴自良任室主任，集中攻关。

吴自良接到这个任务时，他十分清楚地知道自己今后的生活将会发生巨大的改变。他从此要隐姓埋名，还要重新学习新的知识，他还会面临巨大的压力和挑战。

但是，年过四十的吴自良，为了祖国的繁荣富强，毅然接受了这项光荣而艰巨的任务。

吴自良从未见过分离膜，但他对于研制出铀分离膜充满信心。

一天，钱三强捧着一个管状的金属部件，很神秘地问吴自良："你知道这是什么吗？"

吴自良仔细地打量一番，困惑地摇摇头。

钱三强用双手将这个金属部件递给吴自良，然后笑着说："自良，这就是你们要研制的分离膜啊！"

"分离膜！这就是扩散机的心脏器件？"吴自良十分惊奇地说着，伸出双手去接。

钱三强十分认真地说："要小心地拿，万一掉在地上，就只有靠磁铁才能把成千上万个碎片吸起来，如果缺少一块，它就不能正常工作。你说它娇贵不娇贵？"

吴自良小心翼翼地接过分离膜，仔细地打量着，过了好一会儿，他才若有所思地问钱三强："这是哪个国家的产品？"

钱三强语气沉重地说："苏联的。他们撤走了全部专家，连图纸和资料也卷走了。现在，我们花大价钱从苏联进口扩散机，因为没有分离膜，已经停产了，扩散机都生锈了。"

吴自良看着钱三强，十分严肃地说："为了国家的独立，我们一定要建立自己的核工业体系，一定要有我们自己的核武器！"

此时，正是国家困难时期，第十教研室的工作条件非常艰苦，连春节、国庆都难见荤腥。

然而，吴自良对此毫不在意，他全心全意地投入到工作中。

在资料不全、信息不灵的不利条件下，吴自良带领这个特殊的小组进行着艰苦的研究。

当时，他们的每一项工作都只能摸着石头过河，一步一个脚印地前进。

整整4年的国庆节，吴自良都没有离开过实验室。

吴自良渊博的学识，严谨的治学态度，还有踏踏实实的工作作风，都给大家留下了深刻的印象。

1963年年底，在吴自良等人的努力奋斗下，冶金所研制铀分离膜的工作取得了可喜的成绩。冶金所满怀喜悦地向中央报告："心脏"被攻克，能在中等规模的工厂批量生产，造价仅为原来估算的黄金价格的1%。

中国成为世界上除了美、英、苏以外第四个独立掌握浓缩铀生产技术的国家。

1964年10月16日，中国西北的罗布泊上升起了第一朵蘑菇云。

吴自良从报上获悉中国第一颗原子弹成功爆炸的消息，激动万分，强烈的自豪感在他心中油然而生。

陈芳允攻克测试仪器难关

1960 年，中国科学院电子研究所脉冲技术实验室主任陈芳允，参加论证并提出原子弹试验用的多道脉冲分析器的试制方案。

为了早日研制出原子弹试验用的多道脉冲分析器，陈芳允不分昼夜地辛勤工作着。

当时的生活条件很差，吃的是面粉和小米、干菜、榨菜，还有少量的咸肉。

陈芳允的工作难度很大，他的大脑很少有时间休息，总是处在紧张的思考之中。

但是，陈芳允硬是凭着坚定的信念，顽强地在科学的迷宫里进行着不懈的探索。

3 年后，陈芳允和他的同事们一起研制出原子弹爆炸测试用的多道脉冲分析器，交原子弹试验场使用。

陈芳允所领导的研究室成功地研制出多道脉冲分析器，填补了我国核弹试验中的一项重要测量仪器的空白。

1964 年，我国开始考虑发射自己的人造地球卫星。陈芳允作为对人造地球卫星进行跟踪、测量和控制的总体负责人，承担地面测量控制设备的研制、台站和中心的建设、轨道计算等方面的艰巨任务。

当时，我国发射的近地卫星无线电测量设备以多普勒测速为主，第一、二颗卫星用单频多普勒测速为主，其后改用双频，目的是消除电离层的影响。陈芳允提出把遥测信号并入双频信标机来传输。

试验证明，陈芳允提出的这一方案既不影响测速的精确度，还可以节省卫星上和地面的设备。

陈芳允和魏钟铨在听取各方面专家意见之后，制订了我国中、低轨道卫星的观测台站设置和观测设备的方案。

在以后的实施过程中，基本上是按照陈芳允和魏钟铨设计的这个方案实施的。

1965 年，我国第一颗人造地球卫星，即"东方红－1"号卫星的研制工作正式启动。陈芳允担任卫星测量总体技术负责人，正式接受了我国第一颗人造地球卫星地面跟踪测量的光荣任务。

当时，卫星测量在我国是一个全新的技术领域，特别是对卫星的跟踪观测到底应该采用哪种手段和方案，我国还没有经验。

陈芳允决心突破这个科技难关，他带领技术人员深入研究，大胆实践，反复论证。

后来，陈芳允不仅主持了技术方案的设计，还参加了设备研制和测量台站的建设工作。

经过他与其他技术人员实地考察，分别在新化、南宁、昆明、海南设立了 4 个多普勒测量站。

1970 年 4 月 24 日，我国第一颗人造卫星"东方红－

1"号发射升空，地面观测系统很快抓住目标，进行持续跟踪、测量与计算，及时预报了卫星飞经世界各地的时刻。

陈芳允主持完成的卫星测量方案非常有效，不仅圆满完成了我国第一颗卫星测量任务，而且为我国卫星测控网的建立奠定了基础。

随后，陈芳允参加了我国回收型遥感卫星测控系统方案的设计和制订工作。

陈芳允排除各种困难，潜心钻研，设计完成了遥感卫星的测控系统方案，为我国第一颗遥感卫星成功回收作出了重要贡献。

几十年来，陈芳允潜心科研，努力做学问，不拜客访友，也不屑于凑热闹、出风头，他总是尽量把时间和精力用在科研工作上。

有人赞美陈芳允有一双"天眼"，能看到3.6万公里之外的卫星，还能通过卫星俯视大地。

其实，单纯从外表看，陈芳允并不特殊：中等身材，不胖不瘦，穿戴平常；慈眉善目，待人和蔼可亲。可是，当你走近陈芳允，认真地和他交谈之后，你就会情不自禁地为他的伟大精神而感叹！

陈能宽攻克原子弹爆轰难关

1960 年，刚刚回国 5 年的陈能宽被任命为二机部第九研究所第二研究室主任，他接到一项十分特殊的任务，这项任务就是研制核武器。

从此，陈能宽开始过上隐姓埋名的生活。

陈能宽后来回忆说：

当时，甚至连我妻子都不能告诉，我做什么事情，一直到原子弹爆炸之后，她恍恍惚惚地在照片里看见晃过去有我的照片，才知道我做的是原子弹的这个工作……

新的职责要求陈能宽放弃原先的金属物理学专业，转为原子弹爆轰专业，虽然这个领域对他来说十分陌生。

陈能宽后来说：

当时，我连炸药是什么东西都没看到过……

我们这个里面有过去从矿山调下来的，也有从普通常规武器和手榴弹里面来的，他们就比我经验多一点，他们也是我的老师。

　　我们当时是自力更生过技术关，然后能者为师互相学习，这样的口号比较普遍，不光是口号，当时大家都是心平气和地来照这个做。

　　就这样，陈能宽边学边做，带领团队在北京远郊的古长城下，开始了原子弹研制中的"爆轰"物理试验。

　　在不断地试验、不断地收集数据过程中，陈能宽作为领军人物，遭遇过无数次的失败，承受着巨大的压力。

　　陈能宽后来回忆说：

　　我到了晚上不能睡觉，还要想问题。有时候看到长城外面的那个山都好像波形，总是一高一低的……

　　20世纪60年代的中国，经济基础比较落后。要搞世界最尖端的技术，研制耗费巨资的核武器，谈何容易。

　　陈能宽和他的战友们面临的困难自然可想而知。

　　陈能宽后来回忆说：

　　当时的条件非常简陋，全是土法上马。没有计算机，有时就使用算盘，算盘有时候也有它的用处，你用得好的时候，算盘也可以解决尖端武器所要的问题……

人们很难想象，安装在我国第一颗原子弹里的精密零部件的形状和体积，竟然是靠那些简单手摇计算机甚至算盘计算出的。更不可思议的是，陈能宽和他的同事们在溶解炸药的试验中所用的工具，竟然是我们日常生活中所使用的那些盆盆罐罐。

研制第一颗原子弹的时候，正赶上我国三年困难时期，由于粮食、副食品短缺，陈能宽和他的同事们经常饿着肚子工作。但这些对他们来说还不算什么，他们有时还要面临着生命危险。

陈能宽曾经十分豪迈地说：敢于从事危险作业，这是一个核武器研制者起码的素质。

为了祖国和人民的利益，为了研制中国第一颗原子弹，陈能宽早已将生死置之度外，他在给妻子的信中写道：

> 如果我有什么不幸，你要想得开。当年我们抛弃洋房、轿车，带着儿女回国，正是为了干一番事业，让祖国富强……

当时，中国的核试验基地设在马兰，这个地方因为夏季盛开美丽的马兰花而得名，它至今还未在中国地图册上标出。陈能宽后来曾经谈到当时的情景，他说：

> 暴风沙大了，简直是没有法子，有时候把帐篷都刮走了，拿绳子都拽不住……

陈能宽带领着爆轰队伍，在接连不断的试验中不断总结经验，吸取教训，十分艰难地向着成功的方向一步一步迈进。这时候，陈能宽经过反复考虑，提出一个大胆的想法，他带领团队创造出一种有别于当时世界有核国家的新试验方法，即冷试验，从此改写了中国核武器定型方法的历史。

1964 年秋，中国第一颗原子弹在甘肃酒泉的一个秘密工厂装配出来，通过专列运送到马兰核试验基地。

此时，陈能宽的心中充满期待。起爆的时刻即将来临，工作人员开始撤离现场。

1964 年 10 月 16 日 14 时 59 分 40 秒，试验基地主控站操作员按下电钮。接着，强光一闪，火球迸放，巨大的蘑菇云在隆隆的巨响中腾空而起。震彻大地的巨响，向世界昭示着中国国防科技的又一次腾飞。

此时，试验现场一片欢腾。陈能宽后来说：

> 当时，我百感交集，想说的话很多，却说不出来……
>
> 我写了一篇打油诗：
>
> 东方巨响，
>
> 大漠天苍，
>
> 云似蘑菇腾地长，
>
> 人伴春雷鼓掌。

杨嘉墀成功控制卫星的姿态

1961 年年初，国防部交给中国科学院自动化研究所一个十分特殊的任务：研制大型热应力试验设备，以满足我国火箭和导弹事业发展的要求。这个任务的代号叫"151 工程"。

中国科学院自动化研究所特殊仪表研究室主任杨嘉墀接受了这项工程的总体设计和研制的重要任务。

杨嘉墀经过反复考虑，决定把"151 工程"分为三个研制系统，即加热系统、加载系统和测量系统。

杨嘉墀和他的同事们开始了艰难的研究工作。

当时正值三年自然灾害的困难时期，杨嘉墀和他的战友们忍受着饥饿的折磨，凭借着顽强的意志，在科学的王国里进行着艰难的探索。

杨嘉墀激励大家说："中国的火箭和卫星事业，只有靠中国人自己的智慧和双手，靠别人是靠不住的。"

经过四年半的艰苦奋斗，杨嘉墀和他的同事们终于胜利地完成了大型热应力试验设备的研制任务。

1963 年，二机部副部长钱三强十分郑重地把"21 号任务"交给杨嘉墀。"21 号任务"的内容包括火球温度测量仪、冲击波压力测量仪和现场地面振动测量仪等。这些仪器都是核弹试验中必不可少的重要工具。

杨嘉墀全面负责"21号任务"的技术工作。

国防科委要求杨嘉墀他们在1964年6月以前完成了仪器的研制工作。

杨嘉墀意识到时间的紧迫，心急如焚，他带领同事们夜以继日地辛勤工作着。杨嘉墀办公室里的灯光，总是亮到很晚，有时甚至彻夜不熄。

在这段时间里，杨嘉墀变得越来越消瘦，可是，他以惊人的毅力，顽强地拼搏着。

1964年4月，杨嘉墀和他的战友们顺利地完成了仪器的研制工作。5月，经过国防科委组织验收，仪器的各项指标都达到甚至超过要求。

1964年10月下旬，中国科学院地球物理所所长赵九章起草中国人造地球卫星建议书，呈交周恩来总理。

3个月后，中国第一颗人造卫星进入工程研制阶段，代号"651工程"。在"651工程"中，杨嘉墀和吕强、王大珩、陈芳允负责卫星地面组。

1965年，杨嘉墀参与了《关于发展我国人造卫星工作的规划方案》的起草和论证工作。

这一年，杨嘉墀和他的同事们开始了我国第一颗人造卫星"东方红-1"号的设计研制。研制人员共有20多人，杨嘉墀是总体组的5个成员之一。

杨嘉墀在艰苦的环境里，发扬艰苦奋斗的精神，带领大家组建了卫星姿态测量和控制研究室，以及地面测控用数据处理设备研究室。

1975 年 11 月 2 日，中国第一颗返回式卫星在酒泉卫星发射场发射升空。

杨嘉墀主持研制的姿态控制系统决定着 3 天后卫星能否按时返回。杨嘉墀说："因为卫星上去以后，要带一定的推进气体，那个返回式卫星因为上面虽然是真空状态，但是还有剩余气体，你要在卫星上面转的话，要不断地有气体推，那么关键问题就是要把上面所需要的推进气体算出来，能够维持几天，那么，按照原来的计划，是转了三天以后回来……"

卫星上天不久，数据表明这颗靠喷气实现姿态控制卫星，可能因气压下降过快、氮气耗尽而提前返回。许多专家认为 3 天返回不可能，不如 1 天返回。

面对总指挥钱学森，杨嘉墀大胆地说出自己的看法。

杨嘉墀高兴说："我最高兴的事，莫过于看到卫星被成功地送上天去。在国外我也曾怀疑回国后英雄无用武之地，没想到国内有这么广阔的科研天地，没想到我还能为国防建设作出自己应有的贡献。我感到非常高兴。"

钱学森对杨嘉墀说："老杨！你为国家立了功了！"

后来，杨嘉墀在谈到自己的贡献时，他深情地说：

我做事情是以国家的利益为重，只要我的想法能够实现，能够为国家得到好处，我就心满意足了。

周光召成为"两弹"事业奠基人

1961 年年初，在苏联工作的科学家周光召奉命回到北京，匆匆来到核武器研究所理论部报到，他被任命为理论部副主任。

这时候，邓稼先和同事们正在运用数学手段模拟原子弹爆炸。他们花费一年多时间，先后运算 9 次，所用的几十麻袋稿纸，已经堆满了一个大仓库。

邓稼先等人连续 9 次的运算结果都是一样的，但是，他们没有办法验证这个结果是否正确。

周光召得知这种情况以后，态度十分冷静，他并没有急于去证明邓稼先等人的计算结果的正确性，他认为只有掌握规律，开展工作时才能有的放矢。

周光召把自己关在办公室里，认真地思考了很长时间，然后，他将与原子弹爆炸相关的各学科用各种标记和箭头相互连接，寻找和把握它们的相关条件、基本因素和转化规律。

接着，周光召成功地从理论上证明了邓稼先等人的 9 次理论计算是正确的。

周光召激动地奔向邓稼先的办公室，一边擦着额头上的汗珠，一边兴奋地说："我从物理概念的角度进行简化计算，证明你们的计算结果是正确的。"

不久，周光召又来到海拔 3000 多米的"202 基地"，在高原上认真地探索原子弹内部的力学规律，以加深对原子弹研制工作的理解。

经过辛勤的工作，周光召一步一步向神秘的原子弹宫殿迈进，终于触摸到这座宫殿金色的门环。

周光召渐渐摸清了原子弹的结构，为中国第一颗原子弹的设计工作打下了坚实的基础。

在周光召等人的努力下，中国原子弹终于从图纸走进工厂，又从工厂走进试验场。

1964 年夏季，中国第一颗原子弹的试验装置在青海"202 基地"组装成功。

9 月，毛泽东知道这个消息后，十分兴奋地说："原子弹是吓人的，既然是吓人的，就早响！"

10 月 15 日，二机部部长刘杰冒雨来到核武器研究所，他一见到周光召，就十分郑重地说："周总理还不放心，要求我们再估算一下原子弹爆炸成功的概率。"

周光召立即投入紧张的估算工作中。他和两位数学家认真地检查着一串串、一行行的数据。

周光召望着刚刚出来的结果，对伙伴们说："我们再算一遍！"时针在一分一秒地向前行进……终于，复核结果完全正确，周光召脸上露出欣喜的笑容。

1964 年 10 月 16 日 15 时，中国第一朵核蘑菇云在中国西北的上空腾空而起。

周光召动情地凝视着这朵神奇的云朵，开心地笑了。

赵九章奠基中国卫星科技事业

1958 年，中国科学院地球物理研究所所长赵九章发现人造卫星功能巨大，于是，他果断地向有关部门提出，建立一个以人造卫星和火箭为专门研究对象的机构，中国科学院采纳了他的建议。

很快，中国科学院成立"581 组"，钱学森任组长，赵九章担任副组长。

赵九章为中国人造卫星事业的发展，做了大量的准备工作，付出了无数的心血。

赵九章的女儿说，那一段时间，无论她何时醒来，父亲房间里的灯总是亮的。

赵九章有一个强烈的愿望，希望中国能够早日拥有属于自己的人造卫星。

赵九章考虑到火箭燃料工作的重要性和我国科研机构的布局和水平，就与钱学森一道向中央提出申请，要求中央批准科学院率先进行高能燃料的研究和试制。

1958 年年底，这项工作就在中科院下属的北京、上海、大连、长春等地的科研机构中展开了。

从此，赵九章变得更加忙碌了。

即使在三年自然灾害时期，赵九章忍受着饥饿的折磨，仍在忘我地工作着。

1964 年岁末，第三届全国人民代表大会第一次会议在人民大会堂召开。赵九章作为人大代表，光荣地出席了这次会议。

赵九章在会上听完周恩来做的政府工作报告后，深受鼓舞。他当晚就起草了一份关于尽快全面规划中国人造地球卫星问题的建议书，次日上午，他把这份建议书当面交给了周恩来。

1965 年 1 月 6 日，赵九章又与中国科学院自动化所所长吕强，联名向中国科学院党组织上书，中国科学院党组织书记张劲夫和副院长裴丽生阅此报告后，当天就批转给中国科学院星际航行委员会主任竺可桢，请其尽快审阅处理。

竺可桢阅完报告，在报告上欣然写下四个大字："刻不容缓！"并在此基础上形成一份中国科学院党组织的建议报告，正式呈送中央。

同年 8 月，周恩来主持中央专门委员会第十二次会议，这次会议确定将人造卫星研制列为国家尖端技术发展的一项重大任务，并且把这一工程的代号定名为"651"任务。

1965 年 10 月 22 日，赵九章等人正式提出卫星的总体方案，中央命令成立"651 设计院"，赵九章任院长。

从 1964 年 12 月到 1965 年 10 月，赵九章怀着兴奋的心情，在短短 300 天左右的时间里，以惊人的速度完成了从人造卫星整体规划到卫星制造、火箭设计、卫星轨

闪光精神

道、观测项目和地面跟踪等一系列的研究准备工作。

此时，赵九章已是一个年近六旬的老人，但他为了中国的人造卫星事业，顽强地拼搏着、奋斗着。

赵九章在快到 60 岁的生日时，还十分乐观地说："60 岁不能算是老年，应该算是中年，这正是好好工作的时间。"

正当赵九章想大干一场的时候，他的许多工作被迫中断，有的工作遭到破坏。1968 年 10 月 11 日凌晨 2 时，赵九章因为不堪忍受造反派的迫害而自杀。

周恩来得知这一消息后，顿时流下了热泪。

日理万机的周恩来第一次停止办公，当即向有关部门打电话查问这一情况，随后又委派专人去中国科学院进行追查。

1999 年 9 月 18 日，中共中央、国务院、中央军委隆重表彰为研制"两弹一星"作出突出贡献的科技专家赵九章，并追授他"两弹一星功勋奖章"。

2007 年，在赵九章先生百年诞辰之际，一颗由我国科学家发现的小行星被命名为"赵九章星"。

姚桐斌愿为火箭上天奉献一切

1957 年年底，姚桐斌怀着报效祖国的强烈愿望，从联邦德国回到祖国。

当时，我国航天事业正处在开创的初始阶段。

聂荣臻知道姚桐斌归来后，通过国务院专家局指名要他到导弹火箭研究院去工作，姚桐斌欣然同意。

1958 年 1 月，姚桐斌应调来到一个仅有 12 名青年科技人员的航天材料研究组工作。

当时，航天材料研究组的条件非常简陋。大部分的科研仪器、设备都非常落后，大量的数据计算都是用的手摇计算机。

有人问姚桐斌：为什么不去高等院校当教授或知名的研究机构当研究员？

姚桐斌淡淡一笑，说："我回来不是为了名誉和地位，而是为了将学到的知识贡献给国家建设。我愿意在基层做一些具体事情。到了这里，我愿意同大家一起，为我国火箭上天贡献力量。"

当时，许多关键的材料工艺项目和零部件都成为导弹研制进程中致命的短线。

姚桐斌临危受命，组建了航天材料及工艺研究所，并且担任所长。

从回国的那一天起，姚桐斌就特别注意学习党对科学技术工作的政策和国家领导人对航天技术发展工作的指示。当他听了聂荣臻关于科学技术发展规划的报告之后，十分兴奋，他说："只要我国科研事业能够上去，我就是死了也甘心。"

姚桐斌为了激励大家努力搞科研，说："外国人总是瞧不起我们中国人，这是历史的偏见。我们一定要发愤图强，将来拿事实给他们看。"

为了适应航天新技术和研究所新工作的需要，姚桐斌边干边学，迅速扩展自己的知识面，提高自己从事技术领导和科研管理工作的能力。

姚桐斌还经常收集和钻研大量文献资料，积累了数百张资料卡片，撰写了许多科技论文。

姚桐斌的事务繁忙，只能白天工作，夜晚学习和写作，但他以惊人的意志坚持了下来。

姚桐斌的妹妹后来回忆说：

为了适应航天技术和研究所工作的需要，二哥依然像少年时那样勤奋，边干边学，收集了大量文献资料，撰写了许多科技论文。他白天事务繁忙，只能夜晚学习和写作。

有一次，他去北戴河休养，竟随身带了一箱书刊资料，同去的钱学森同志看见，笑着说："哪有像你这样休养的！"去外地出差，二哥也常带着一大包书籍。

1959 年冬天我在沈阳工作期间，他出差顺便来看我，我发现他还在抽空学俄语。从 1960 年到 1964 年，在他的带领下，材料工艺研究所共开展了 500 多项课题的研究。这些成果，有的很快就在当时的运载火箭型号研制中获得应用，有的应用在稍后的新型运载火箭和卫星型号研制中……

1968 年 6 月 8 日，姚桐斌被害，这时他才 46 岁。惨案发生后，周恩来极为愤怒地指出：

这是严重的政治事件，为党纪国法所不容，一定要查明凶手，严肃处理。

后来，经中央批准，追认姚桐斌同志为革命烈士。姚桐斌当年的一个同事表达了他对姚桐斌的深切怀念，他说：

姚桐斌所长是航天事业的栋梁之材，是国内外知名的专家，是我们全体科研人员热爱的好领导，但是他却在最不该走的时候走了。

钱骥担任人造卫星总设计师

1957 年 10 月，苏联发射了人类第一颗人造地球卫星，这个消息深深地刺激了中国空间物理学家钱骥。

那天晚上，钱骥失眠了。他心中涌现出一个十分强烈的愿望：一定要放飞中国的人造地球卫星。

没过多久，钱骥和赵九章等科学家也开始着手中国人造地球卫星的研制工作。

钱骥主动承担起开展人造地球卫星研制工作可行性报告的调研工作。他率队走访数十个研究所，写出具有充分证据的调研报告，并协助赵九章将报告送交中国科学院和国务院。

为了中国的卫星事业，钱骥不知疲倦地奔波着。

钱骥写出一份又一份的资料报告，并把它们源源不断地送到各个有关部门，为中国制订人造地球卫星的发展规划打下了坚实的基础。

钱骥经过反复考虑，还与一些专家一起确立了中国人造卫星事业分三步走的战略构想：以探空火箭为起点；以发射上百公斤卫星为先导；以最终发射数千公斤卫星为目标。

1965 年 5 月 31 日，中国科学院正式成立"581 组"，并且要求"581 组"必须在 6 月 10 日前拿出中国第一颗人造地球卫星方案设想和卫星系列规划轮廓。

钱骥作为"581 组"的领导成员，往返于各个研究场所，解决了很多难题，推动着各项工作的不断深入。

在钱骥和他的战友们的奋力拼搏下，"581 组"仅在10 天之内就拿出第一颗卫星的初步设计方案，并且把第一颗卫星命名为"东方红－1"号。

不久，钱骥携带"东方红－1"号卫星的初步设计方案来到中南海，向周恩来汇报有关情况。

当周恩来知道钱骥姓钱时，他亲切地握着钱骥的手，风趣地对大家说："我们的卫星总设计师也姓钱啊，我们搞尖端的原子弹、导弹和卫星，都离不开'钱'啊！"

10 月 20 日，中国科学院在北京友谊宾馆牵头组织召开"东方红 1 号"卫星方案论证会。

这是中国科技发展史上一个著名的会议。

在会上，钱骥就卫星本体的设计问题做了总结性讲话，他在讲话中强调中国卫星的基本目标。

接下来，钱骥负责编写"东方红－1"号卫星总体方案、本体方案、运载工具方案和地面观测系统方案的初稿。

会议结束时，钱骥将他对"东方红－1"号卫星的要求概括为 12 个字：

上得去，跟得上，看得见，听得到。

钱骥满怀激情地开始了设计卫星的工作。他一头扎进资料室里，反复进行中国人造地球卫星的研制工作。

钱骥将研制卫星的任务分解为一个个具体的课题，制成数百张任务卡片，然后下达给中国科学院所属的研究单位。

不久，钱骥遇到一个令人头疼的难题：地面测轨设备和轨道的 42 度倾角不能满足日后卫星运行的需要。如果选择更大的轨道倾角，有两个难以解决的技术问题：一是如果第一圈测轨失败，其中第二圈、第三圈，卫星分别从西藏和新疆入境，横贯国境，还有补救的余地；二是大倾角入轨一旦失败，运载火箭和星体可能落在蒙古或者苏联，会导致很大的麻烦。

钱骥清醒地认识到："东方红－1"号卫星升空一定要做到安全稳妥，如果采用大倾角轨道方案，则需要另建发射基地。

钱骥十分苦恼地想："到底怎样才能做到既加大轨道倾角，又不另建发射基地？"钱骥知道如果这样，不但能节约上亿元的资金，还可为发射卫星争取时间，因此，他一直在苦苦地思索着这个难题。

为此，钱骥专门召开轨道问题的讨论会，他在会上认真听取大家的发言，他对有些专家提出的从酒泉向海南岛方向发射，使卫星轨道倾角提高到 70 度左右的想法十分重视，他热情地与大家一起讨论这个设想。

在会后，钱骥和一位同事一起起草中国科学院党组上报中央的《关于我国人造卫星的轨道选择》的报告。

中央经过郑重考虑，批准选用70度轨道的报告。

1966年1月，中国科学院卫星设计院正式成立，代号"651设计院"，钱骥为副院长，并且担任"东方红－1"号卫星总设计师，全面负责技术工作。

钱骥身为设计院副院长，他更加忙碌了，但他似乎乐此不疲。他在组织开展"东方红－1"号卫星的研制工作的同时，还想方设法挤出时间，协调他的同事们开展返回式卫星的前期探索工作。

1966年，钱骥在政治运动中受到冲击，他怀着痛苦的心情离开了他视为生命的卫星研制工作。

1970年4月24日，中国成功地发射出"东方红－1"号卫星。全国人民奔走相告：中国第一颗人造地球卫星上天啦！

那天晚上，当"东方红－1"号卫星高奏着《东方红》乐曲从北京上空飞过时，钱骥仰望星空，百感交集。

1983年，钱骥身患癌症，他躺在病床上，但他的思绪仍然集中在卫星上。每当领导来看他时，他就滔滔不绝地讲述卫星，讲自己对中国卫星事业的想法和建议。

每当谈起他所钟情的卫星，钱骥就会兴高采烈，忘记了人世间的一切烦恼。

在钱骥生病期间，他始终没有谈一句个人问题，没有为自己提出一个要求。

在钱骥的心中，中国的人造卫星事业才是最重要的。

钱三强曾为"两弹一星"的杰出领袖

1959 年 6 月，苏联单方面撕毁中苏签订的协议，拒绝提供原子弹模型和核科技资料，并撤走全部专家，还讽刺说："中国人 20 年也搞不出原子弹，只能守着一堆废钢铁。"

当时担任二机部副部长、原子能研究所所长等职务的钱三强饭吃不香，觉睡不沉，他对苏联这种背信弃义的做法深感气愤。

1960 年 7 月，毛泽东在北戴河会议上发出号召：

自己动手，从头做起，准备用 8 年时间，拿出自己的原子弹。

中央决定由二机部副部长钱三强担任研制原子弹技术上的总负责人、总设计师。

负责科技工作的聂荣臻副总理十分器重和信任钱三强。他对钱三强说："我们要完全依靠自己的力量，来攻克原子弹、氢弹方面的尖端科学技术问题，我们一定要争取在国庆 15 周年前后爆炸我国第一颗原子弹。"

聂荣臻稍做停顿，又十分郑重地对钱三强说："至于人员选定，由你负责点将，点到哪个单位，哪个单位都不能打折扣。"

会议结束后，钱三强立即着手从德、才、组织能力和健康状况等方面来挑选人才。

钱三强把有组织能力和实干精神的邓稼先、朱光亚推荐到核武器研究所担任领导工作，又把有才华的三位科学家王淦昌、彭桓武、郭永怀推荐到核武器研究院担任副院长。

原来在苏联从事研究工作的周光召，回国后也被推荐担任武器研究院理论研究所的副所长。

为了激励大家攻克难关，钱三强充满激情地说："中国已经改朝换代了，尊严和骨气再也不是埋在地层深处的矿物。"

当时担任中国科学院党组书记和副院长的张劲夫曾经说钱三强身上有科学家可爱的书生气，他说：

> 钱三强是著名的核物理学家，我说他有书生气，是因为这么一件事：三强访问苏联回来很快就找到我。他来的时候气鼓鼓的，说："张副院长，我对你有意见！"
>
> 我说："什么意见？"
>
> 他说："对你们的科学规划有意见。你们搞了一个'四项紧急措施'，怎么没有原子能措施？这可是非常重要的事情啊，你怎么没有搞？"

我说："三强，你冷静冷静……"

我又说："你先等一等，听我给你讲一讲。原子能的事，是搞原子弹哪。这是国家最绝密的大事，是毛主席过问的大事啊！另外要搞绝密的单独规划。不能在这么多人中讨论这个规划。你认为没有列入紧急措施就是不重视，不支持了吗？"

他当时最关心的是想从科学院调些人去，怕我们不重视，不愿意给人。我说："只要我们能做到的，尽量支持你，你这个原子能研究是中央任务，是第一位的任务，比'四项紧急措施'还重要。'四项紧急措施'是为你服务的啊！"

我这一讲，他说："我懂了，我懂了。"

张劲夫说："他带着一股气对我提意见，很直爽，没有拐弯抹角。我很欣赏他这个态度。"

钱三强不仅责任心强，而且工作态度十分踏实，在困难面前从不低头。

为了研究一种扩散分离膜，由钱三强领导成立了攻关小组，经过4年的努力研究成功，成为继美、苏、英、法之后第五个能制造扩散分离膜的国家。

同时，钱三强和他的战友们还成功地研制出我国第一台大型通用计算机，成功地承担了第一颗原子弹内爆分析和计算工作。

1964 年 10 月 16 日 14 时 45 分，核工业部部长刘杰用颤抖的声音对钱三强说："三强同志，再过一刻钟，我们放的那个'炮仗'就要响了，你看还有万分之几的可能不响?"

钱三强眼里噙着热泪，十分激动地说："会成功的，会成功的!"

当时，在场的每个人都在盯着电话。钱三强也在屏气敛声地苦苦等待着。

1964 年 10 月 16 日 15 时，中国人自己设计、自己制造的原子弹胜利升空了。

人们欢呼着、雀跃着，每个人都流下了喜悦的泪水。

头号功臣钱三强眼角也挂着晶莹的泪花，他自言自语地说："我们的'争气弹'终于成功了!"

钱三强为之奋斗数十年的强国梦就要实现了，他成了名副其实的"中国原子弹之父"。

此时此刻，钱三强抚今思昔，感慨万千。

在现代中国技术发展史上，钱三强树立起一座不朽的丰碑。钱三强用执着求索的一生，为中华民族的原子能事业奠定了宝贵的基础，并以自己的智慧为党中央确定"两弹一星"的决策提供了重要依据。

钱三强还倾注全部心血培养新一代学科带头人，在"两弹一星"的攻坚战中，涌现出一大批杰出的核专家，并在这一领域创造了世界上最快的发展速度。

后来，钱三强的同学于光远说：

> 钱三强在那段时间的毅力和组织能力，应该说是真的了不起。他把能够网罗的人才都团聚在爆炸第一颗原子弹和氢弹的事业方面，包括钱三强的老师吴有训，他也把他请来了。他对与邻近的学科合作十分重视，比如说，他与电子学方面的陈芳允合作，也与力学方面的郭永怀合作……

钱三强去世后，张劲夫十分怀念，他深情地说：

> 我特别怀念他做了许多学术组织工作。比如说要科学院各个所来配合承担任务，你选什么任务，他能提出题目来请你承担。他懂，他在法国跟着约里奥·居里做研究工作，发现过原子核三分裂现象，组织能力也比较强。但是正如前边所说，有一点书生气，人很直爽，有意见就提。

在张劲夫深情的追述中，我们似乎看到了钱三强的身影，他依旧在绿叶和鲜花丛中微笑着，谦虚而坦荡地微笑着。他那无悔的笑容，似乎还在无声地诉说着他对祖国和人民深深的热爱……

钱学森被誉为"中国导弹之父"

1959 年 10 月，中国第一个导弹研究机构，即国防部第五研究院成立，著名物理学家钱学森担任院长。

第五研究院刚刚成立的时候，只有几间旧房子，条件十分简陋。

钱学森认为当务之急是培养新中国第一代导弹人才。他立刻组织有关专家一起讲课，让大家边学边干。

1960 年 10 月，在钱学森的领导下，我国第一枚国产近程导弹制造成功，精确地击中 90 公里以外的目标。

这是我国导弹历史上的一次巨大成功。

在当天的庆祝会上，聂荣臻元帅激动地说：

> 在祖国的地平线上，飞起了我国制造的第一枚导弹，这将是我国军事装备史上的一个重要转折点。

不久，钱学森又参加了一个重要课题的论证。这个课题就是如何将导弹和原子弹结合起来，组成威力巨大的核武器。

为此，钱学森做了大量艰苦细致的调查研究工作。

1966 年 10 月 27 日凌晨，一枚乳白色的火箭载着原子弹从布丹林沙漠冉冉升起，平平稳稳地朝罗布泊核试验场飞去。

千里之外的核试验场很快传来喜讯：原子弹的弹头精确命中目标，准确实现核爆炸。

一朵绚丽的蘑菇云在一望无际的沙漠上腾空而起！

在发射现场，钱学森激动地流出了喜悦的泪水。

张劲夫后来回忆说：

> 钱学森是世界气体力学大师冯·卡门最好的学生……
>
> 我国火箭喷气技术即导弹技术的发展计划，是钱学森先生首先提出来的。他是受到美国迫害，经过奋斗，于1955年回国的。
>
> 科学院派人到深圳罗湖桥接他，请他到科学院工作。我们成立力学所，请他当所长，后来我是他的入党介绍人。
>
> 钱学森参加"十二年科学规划"工作，担任综合组组长，做过一个很精彩的关于核聚变问题的学术报告，为科学规划的制定出了许多好主意，特别是他亲自起草和制定的关于火箭喷气技术，实际就是导弹技术的发展计划，我看了很受鼓舞。郭沫若院长看后更是诗兴大发，欣然挥毫，为钱学森题诗一首：
>
> 大火无心天外流／望楼几见月当头／太平洋

上风涛险/西子湖畔数风流/冲破藩篱归故国/参加规划献宏猷/从兹十二年间事/跨箭相期天际游。

1980 年 5 月的一天，中国向南太平洋发射第一枚远程运载火箭。这个消息在美国引起轰动。

两天后，美国合众社向世界播发一篇专稿，题目就是《中国导弹之父——钱学森》。专稿说：

> 主持研制中国洲际导弹的智囊人物是这样一个人：在许多年以前，他曾经是美国陆军上校，由于害怕他回中国，美国政府竟然把他扣留了 5 年之久。
>
> 他的名字叫钱学森，今年 69 岁。在这个名字的背后，有着一段任何科幻小说或侦探小说的作者都无法想象出来的不同寻常的经历……
>
> 正是因为有了钱学森，中国才在 1970 年成功地发射了第一颗人造卫星。现在，由他负责研究的火箭，正在使中国成为同苏、美一样能把核弹头发射到世界上任何一个地方的国家……

钱学森曾经满怀深情地说："科学没有国界，可是，科学家有祖国。"

这就是伟大的科学家钱学森高尚的思想境界。

郭永怀为"两弹一星"献出生命

1956 年 9 月 30 日，郭永怀等爱国科学家冲破美国政府阻挠，到达罗湖边防站，终于踏上了祖国的土地。据张劲夫后来回忆说：

在中央决定搞导弹之后，钱学森的师弟郭永怀，在面对国外优越的科研和生活条件与祖国需要，何去何从的时候，他选择了祖国的需要。为了避免遇到美国当局制造的麻烦，他在和学生们聚会的篝火旁，掏出十几年写成的没有公开发表的书稿，一叠一叠地丢进火里，烧成灰烬，令在场的学生惊呆了。他的夫人李佩教授当时也感到可惜。不过，事后才知道"那装在他脑子里的科学知识是属于他自己的"。

郭永怀教授带着对祖国的赤胆忠心，也带着非凡的力学和应用数学的复合智慧，携全家回到了祖国。中央很重视，毛主席亲自接见他……

回国不久，周恩来在中南海接见郭永怀，问他有什么要求，郭永怀只说了一句话："我想尽快投入工作。"

在北京，郭永怀见到了钱学森，钱学森推荐他担任中国科学院力学研究所副所长。

在我国"两弹"发展的关键时刻，钱学森再一次向党中央推荐郭永怀。

郭永怀知道，这意味着他将要接触机密，将要默默无闻地为祖国去献身。

在美国，郭永怀曾经坚持拒绝接触机密。但是，在祖国的召唤下，他毫不犹豫地投身到研制原子弹的秘密工程之中。

在党中央决定自行研制核武器后，中国政府迅速组成一支科研队伍，这支队伍由105位科学家组成。郭永怀当时担任九院副院长，主管力学部分，并负责武器化的设计指导。

郭永怀到任以后，全力以赴投入到紧张的工作之中，他经常早出晚归，埋头书案，星期天和节假日也不休息。

1963年，郭永怀与科研队伍迁往海拔3000米以上的青海基地后，他与许多同事都出现了严重的高原反应。

在恶劣的自然条件下，郭永怀等人还经常忍饥挨饿、风餐露宿。

但是，郭永怀对此毫不在意。在艰苦的条件下，他带领科研小组解决了许多重要的动力难题。

与此同时，郭永怀为了及时研究新情况，仍然频繁往来于北京和基地之间。有人劝他要注意身体，但他依然如故。

　　为了祖国和人民的利益，为了中国能够早日强盛，郭永怀已经将个人的生死置之度外。

　　在郭永怀的倡议和积极指导下，我国第一个有关爆炸力学的科学规划迅速制订出台，引导力学走上了与核武器试验相结合的正确道路。

　　同时，郭永怀还负责指导反潜核武器的水中爆炸力学和水洞力学等相关技术的研究工作。

　　此外，在潜对地导弹、地对空导弹、氢氧火箭发动机和反导弹系统的研究试验中，郭永怀也花费了无数的心血，作出了巨大的贡献。

　　在对核装置引爆方式的采用上，郭永怀经过反复研究，提出"争取高的，准备低的，以先进的内爆法为主攻研究方向"。

　　为确立核装置的结构设计，郭永怀提出"两路并进，最后择优"的办法，成功地为第一颗原子弹爆炸确定了最佳方案，对一些关键问题的解决起到了决定性的作用。

　　郭永怀提出的这一方案，不仅为第一颗原子弹研制投爆采用，而且为第一代核武器的研制投爆所一直沿用。

　　1963 年 7 月 25 日，美、苏、英三国签署《禁止大气层、外层空间和水下进行核试验条约》，妄图阻止中国成为核国家。党中央随即下达了更为明确的命令：

　　　做好一切准备，在 1964 年年内爆响第一颗原子弹。

从此，郭永怀的工作更忙碌了，他办公室里的灯光经常亮到深夜，有时，他甚至彻夜不眠。

郭永怀身体瘦弱，不到半百却已双鬓斑白，但他全然不在意自己的身体状况，一直都在忘我地工作着。

1964年10月16日15时，在西北高原一望无际的大沙漠上，随着一声巨响，中国的第一颗原子弹爆炸成功！

当蘑菇云滚滚升起之时，郭永怀和他的战友们都激动得热泪盈眶。

1965年9月，我国第一颗人造卫星研制工作启动，郭永怀接受了"东方红"卫星本体及返回卫星回地研究的组织领导工作。

据郭永怀当年的同事陈裕泽后来回忆：

由于工作繁忙，郭永怀每天一大早便赶到现场，了解装配进展情况和系统联试结果，一旦发现问题便及时研究处理。

在将要进入正式试验阶段的那些日子里，郭永怀每天都要工作十几个小时，有时是通宵达旦，吃饭也是大家席地而坐，边吃边研究。

其实，何止是试验前后的那段时间是这样，从1964年首次核试验到1968年年底的8次核试验，在4年多的时间里，郭永怀的每天都是这样度过的。

郭永怀在谈到自己的贡献时，一直十分谦虚，他只是淡淡地说：

作为新中国的一个普通科技工作者，特别是作为一名共产党员，我只是希望自己的祖国能早一天强大起来，永远不再受人欺辱。

周恩来曾多次叮嘱郭永怀等科学家为了安全起见不要乘飞机，但郭永怀为了节省时间赶进度，经常冒着生命危险飞来飞去。

1968 年 10 月 3 日，郭永怀又一次从北京回到试验基地，为我国第一颗导弹热核武器的发射进行试验前的准备工作。

12 月 1 日，郭永怀在试验中发现一个重要线索。为此，他急于赶回北京，让人抓紧时间联系飞机。

就在郭永怀从研制基地赶到兰州，在兰州换乘飞机的间隙里，他还认真地听取课题组人员的情况汇报。

郭永怀临上飞机之前，人们担心他的安全，劝他换个时间再走，郭永怀却平静地说："夜航打个盹就到了，第二天还可以照常工作。"

当夜幕降临的时候，郭永怀拖着疲惫的身体登上飞往北京的飞机。

12 月 5 日凌晨，飞机在首都机场上空徐徐下降，在离地面 400 多米时候，飞机突然失去平衡，偏离了降落跑道，歪歪斜斜地向 1 公里以外的玉米地一头扎了下去。

只听"轰"的一声巨响，飞机前舱碎裂，火焰冲天而起……来接郭永怀的人从一片残骸中辨认出郭永怀的遗体。此时，郭永怀身上的那件夹克已经烧焦大半，让人感到疑惑的是，他在临死前和警卫员牟方东紧紧地拥抱在一起。

当人们费力地将郭永怀和警卫员分开时，才发现郭永怀的那只装有绝密资料的公文包安然无恙地夹在他们的胸前……

在飞机遇险的时候，在生命即将结束的最后时刻，郭永怀想到的依然是如何才能保护好对国家有重要价值的绝密科技资料！

12 月 25 日，国家内务部追认郭永怀为革命烈士。

郭永怀曾经充满深情地说：

> 作为一个中国人，特别是革命队伍中的一员，我衷心希望我们这样一个大国能早日实现现代化，能早日建设成为繁荣富强的社会主义国家，以鼓舞全世界的革命人民。

郭永怀的战友们化悲痛为力量，继承郭永怀的遗志，为中国的核武器发展努力拼搏。

就在郭永怀牺牲后的第二十二天，我国第一颗热核导弹试验获得成功！

屠守锷攻克远程导弹难关

1957 年 2 月，北京航空学院教授屠守锷奉命调入国防部第五研究院，担任结构强度研究室主任。

从此，屠守锷开始了对火箭和导弹的结构强度和环境条件的研究。

1959 年 8 月 23 日，苏联单方面中止两国签订的新技术协定，撤走全部专家，带走了图纸，还讽刺说："中国人 20 年也搞不出原子弹，只能守着一堆废钢铁。"

就在这种艰难的情况下，屠守锷担当了地地导弹研制工作的主持人，负责技术工作。

面对困境，屠守锷只是平静地说了一句："人家能做到的，不信我们做不到。"

接着，屠守锷广泛听取意见，深入科研生产一线，潜心研究，制订了"地地导弹发展规划"，即"八年四弹"规划。

为了抢时间，屠守锷一干就是 20 多个小时不合眼，偶尔在木板上打个盹，醒来又要直奔现场。

就这样，屠守锷带领他的同事们刻苦钻研，奋力拼搏，他们以惊人的毅力在研制原子弹的道路上艰难地摸索着、前进着。

屠守锷后来回忆说：

我在 1962 年被任命为战略导弹和运载火箭总体设计师兼主任后，深感自己知识面太窄，又没有管理经验，开展工作比较吃力。那时，我们自行设计的第一个导弹因为设计方案上有缺陷，飞行试验时失败了。

　　屠守锷带领科研人员认真吸取这次失败的教训，重新审订总体方案，确定了我国地地导弹技术的发展方向。

　　在屠守锷和他的战友的共同努力下，从 1964 年 6 月开始，这种中近程导弹连续 8 次飞行试验都取得了成功。

　　更重要的是，在一系列的摸索、总结、攻关的过程中，中国第一代导弹技术专家成长了起来。

　　1965 年 3 月，中央作出一项重大决定：尽快把中国的首枚远程导弹搞出来，并由屠守锷担任总设计师。

　　此时，屠守锷既是技术总负责人，又是指导日常设计工作和最后拍板的技术决策人。

　　屠守锷深知自己肩上这副担子的分量，而且留给他的时间又那么紧迫。

　　偏偏在这时，屠守锷的科研工作遇到空前的困难。屠守锷想方设法避开政治风暴的袭击，埋头于资料、图纸和各种数据，进行座谈、讨论、论证、试验，听取专家意见，提出新的设想。

　　1968 年，屠守锷他们终于拿出了远程导弹的初步设计方案。

后来，屠守锷又担任洲际导弹的总设计师。

屠守锷深知时间的紧迫、任务的艰巨，为此，他一心扑在导弹研制的工作上。

这时候，周恩来总理亲自过问工作的进展情况，他还关切地询问屠守锷的健康状况。周恩来的关心和信任，给了屠守锷信心和力量。

为了赶工期，屠守锷和他的同事们坚持突击总装测试 100 天，他们在这 100 天里夜以继日地工作着。

在为期 100 天的总装测试中，年过半百的屠守锷始终坚持在一线，一刻也没有离开过。

屠守锷的工作十分辛苦，肩上承受的担子也十分沉重，短短的几个月内，他就变瘦了，身体也差了许多。

当屠守锷认为导弹可以出厂运往发射场试飞时，有人却提出了异议。

问题很快提交到周恩来那里。

周恩来认真地听完屠守锷的介绍，然后，他问屠守锷："屠总，你认为这枚导弹可以发射吗？"

屠守锷十分坚定地回答："该做的工作我们都做了，目前它的性能状态是良好的。我们认为，这枚作为首发试验的导弹，应该得到最好的考验，以便通过飞行试验，进一步检验我们的方案，从中找出不足。"

周恩来明确表示支持屠守锷。

7 月，导弹被运往发射场。

9 月 8 日，屠守锷专程回京，向周恩来做汇报。

那天中午，周恩来特地备了几样菜，与屠守锷等人共进午餐。

屠守锷看着周恩来亲切的笑容，心中十分感动，也受到极大的鼓舞。

在茫茫的戈壁滩上，屠守锷和他的战友们正在进行着最后的拼搏。

导弹的试验成功，要求数十万个零件都必须全部处于良好状态，不能有丝毫的问题，若有一处、一个接触点有毛病，就会导致整个试验的失败。

为了保证全程飞行的成功，屠守锷带领大家上百次地检查每一个细小的环节、每个细小的部位，排除一个个细小的隐患。数百次的眼看手摸、仪器测试、X 光检查，还是查出几条多余的铜丝。有的人说："小铜丝经过烧蚀，不会起作用，不会影响试验。"

屠守锷态度十分坚定地说："科学来不得半点马虎。"

两天之后，大西北的发射场传出喜讯：中国自行研制的首枚远程导弹飞行试验获得基本成功！

1980 年早春，屠守锷率领试验队进入寒气逼人的茫茫戈壁。

戈壁滩上狂风忽起，带来无数的飞沙走石。

屠守锷身穿工作服，在火箭测试阵地与发射阵地之间穿梭往来，他的鼻孔、耳朵、衣服里常常灌满了沙土，但是，屠守锷全不在意。

在这段时间里，屠守锷常常一干就是 20 多个小时，困了就在木板床上打个盹，醒来又奔赴现场。

1980 年 5 月 9 日，新华社向全世界发出公告，中国将进行发射运载火箭试验。

此时此刻，全世界都把关注的目光投向中国。作为这枚导弹总设计师的屠守锷，感到了前所未有的压力。

远程导弹要投入使用，必须经过全程飞行的考验，然而由于政治风波的干扰，这次试验被搁置了整整 9 年才得以进行。

屠守锷等待这一天已经等得很久了。

屠守锷知道，要确保发射成功，远程导弹身上数以十万计的零部件，必须全部处于良好的工作状态。在那复杂如人体毛细血管的线路管道上，哪怕有一个接触点有毛病，都可能造成发射失败。

屠守锷带着大家仔细地检查着。

此时，屠守锷瘦了一圈，白头发又长出了许多。

导弹在发射塔上矗立起来了。

在签字发射之前，屠守锷整整两天两夜没有合眼。

屠守锷仰望着数十米高的塔身，想上去做最后的检查。很快，年过花甲的屠守锷不顾连日劳累，一鼓作气，爬上了发射架。

当导弹伴着惊天动地的巨响，穿过云端，越过赤道，准确命中万里之外的目标时，屠守锷眼中闪着激动的泪光。

黄纬禄为导弹事业呕心沥血

1956 年，我国成立研制导弹的国防部五院。在北京通信兵部工作的黄纬禄知道这个消息以后，十分兴奋。

黄纬禄是中国导弹专家中最早见到导弹的人。从见到导弹的第一天起，他就梦想着备受列强欺凌的中国能拥有导弹。

新中国成立以后，黄纬禄一直希望能够为中国的导弹事业贡献自己的力量。

可是，在选调人员时，黄纬禄没有被选上，他感到怅然若失。但是，当他想到研制导弹需要很多技术人才，在立项之初不可能一次性选够时，他又开始期待着下一次的选调机会。

1957 年，国家又决定成立二分院，专门研制导弹的控制系统。

控制系统是导弹的"中枢神经"，在导弹飞行中起着重要作用。当时中国在控制方面的人才极为短缺，只有钱学森具备一些这方面的知识。

因此，这次的选调工作进行得十分困难。选控制方面的人才几乎像上天摘星一样困难。

1958 年春，黄纬禄被调至二分院任液体战略导弹控制系统总设计师。

黄纬禄如愿以偿，他感到光荣，也很激动，同时感到自己肩上的担子加重了。

黄纬禄这次之所以被选中，是因为他当时的工作与导弹沾边。

当黄纬禄开始进行导弹的研究工作时，他才深刻地领悟到"隔行如隔山"这句话的深刻含义。

黄纬禄"跳槽"进入导弹控制领域以后，他感觉自己好像进入了一个陌生的世界，他意识到自己必须刻苦学习，才能很快成为导弹方面的有用之才。

黄纬禄从苏联提供的资料和一枚"1059 导弹"实体学起。他和同事们互相磋商，在研讨中化解一个个难点。

在黄纬禄的带领下，大家夜以继日地翻译资料，办公室、图书馆灯火通明，通宵达旦。

黄纬禄和大家一起埋头苦干，他总感觉时间紧迫，恨不得一天能有 48 小时。

渐渐地，黄纬禄感觉到导弹的控制技术其实并不难掌握。

1960 年 11 月 5 日，在黄纬禄和他的战友们的共同努力下，我国首次仿制"P1 导弹"成功。

接下来的任务，就是自己设计制造。

刚开始自制时，黄纬禄摆脱不了仿制模式的牵制和诱导，创新的部分很少。经过一段时间的苦苦摸索，创新的成分逐渐多了起来。

黄纬禄兴奋极了。他像发现了一处丰富的矿藏，同时也找到了采掘的途径，他工作起来的劲头越来越足了。

就这样，在黄纬禄主持下，我国导弹控制技术由仿制到自制，如金蝉脱壳般拓展出了一条有自己特色的独创之路。

1970 年，黄纬禄又由液体导弹控制系统总设计师转任潜地导弹总体设计师。

此时，黄纬禄的工作内容已经由分管一个部分的设计走向总体设计。

这项工作对黄纬禄而言，是一个十分严峻的考验。

除控制技术外，黄纬禄对其他方面都十分生疏。

黄纬禄在困难面前从不低头。他决心从头学起，因此，他不顾天气炎热，一上任就到南京长江大桥上做箭体落水试验。

此外，黄纬禄虚心向同志们请教。当他遇到难题时，已经身为总设计师的他总是十分诚恳地对别人说："这个问题我不懂，请你给我从 ABC 讲起。"

黄纬禄勤奋好学的态度深深地感染着他身边的每一个人。在他的带领下，大家都以谦虚谨慎的态度，去钻研一道道技术难题。

通过夜以继日的刻苦钻研，黄纬禄掌握了大量有关导弹的知识。潜地导弹的总体轮廓开始异常清晰地呈现在他的脑海里。

由于当时技术条件的限制，再加上特殊的政治氛围，黄纬禄等人的研究工作非常艰苦，步履维艰，直到 1978

年末才渐渐有了起色。

经地上和水下反复试验，潜地导弹已具备了发射的条件。

1982 年春，潜地导弹的发射工作进入最后的技术和组织准备阶段。

为确保发射万无一失，黄纬禄不顾自己患有严重的胃溃疡，日日夜夜坚守在现场。他对技术上的每个细小环节，都事必躬亲、仔细检查，对每份技术参数，他都详尽核实。

因为过度操劳，黄纬禄的病情加重，饭食难咽，几个月下来，他的体重由 64 公斤降至 53 公斤。

1982 年 10 月 12 日，一个秋高气爽的好日子，蔚蓝的天空明净如洗。在明朗的阳光下，一望无际的渤海海面上荡动着细小的波浪，显得平静祥和。

到了下午，潜地导弹如蛟龙腾跃出水面，打破了渤海原有的平静。

潜地导弹喷吐着白色的云柱，冲向高空，云柱如春蚕吐丝，越吐越长，在海天之间描绘出一幅令人惊叹的壮丽景观。

"成功了！成功了！"海岸上的军民不约而同地开始欢呼。

此时，黄纬禄动情地凝视着海面上那条自己亲手设计的"巨龙"，心中感慨万千。

这枚发射成功的潜地导弹，后来被人们称为"巨浪"。

后来，黄纬禄在谈到"巨浪"发射过程时，难以抑制心中的激动，他饱含激情地说：

> 我从事导弹研制工作 30 余年，在这一段生涯中，享受过成功的喜悦……
>
> 我非常热爱这一事业，我认为它是祖国国防现代化的重要组成部分，它是提高我国国际地位的一个因素。祖国强盛起来，我们中华民族在世界上将会受到尊敬和爱戴，再不会受到欺压和践踏……

程开甲成为隐姓埋名的"核司令"

1960 年的一天，南京大学物理系副教授程开甲忽然接到上级命令，让他去北京报到。

程开甲感觉有些疑惑，他不知道自己到北京去从事什么工作，他去问校长，校长也一无所知。

程开甲带着无限的困惑来到北京，他被安排到核武器研究所。这时，程开甲才知道他被钱三强亲自"点将"，参加原子弹研制工作，分管状态方程物理研究和爆轰物理研究两个重要方面。

1962 年，程开甲毅然走进大漠戈壁，担负起我国核试验技术总负责人的角色。

此后，程开甲负责组建核武器试验研究所，负责编制中国第一颗原子弹的爆炸试验方案。

程开甲一直在苦苦思索这样一个问题：第一颗原子弹采取何种方式爆炸？

程开甲最初设计的方案是用飞机投掷。但是，经过认真分析，程开甲认为，第一次试验就用飞机投掷，会带来两个问题：一是会增加测试同步和瞄准上的困难，难以测量原子弹的各种效应。二是保证投弹飞机安全的难度太大。

程开甲皱紧双眉，苦苦思索着。

当时，程开甲全身心地投入原子弹的设计工作中去，甚至达到了痴迷的状态。

有一次，程开甲排队买饭，当他把饭票递给窗口的炊事员时，却说："我给你这个数据，你验算一下。"

站在程开甲后面的邓稼先急忙拍拍他的肩膀，提醒道："程教授，这儿是饭堂。"

"喔。"程开甲清醒过来，急忙端着饭盒坐到一旁。

邓稼先坐在旁边的餐桌上，看到程开甲刚往嘴里扒了两口饭，就把筷子倒过来，蘸着碗里的菜汤，在桌子上写了一个方程式。

邓稼先看到这种情景，深受感动，他主动将自己研究室里最得力的干将胡思得推荐给程开甲。

这时候，程开甲正在思考状态方程。

经过不分昼夜的努力工作，程开甲终于计算出了原子弹爆炸时弹心的压力和温度。

程开甲的计算结果，让负责原子弹结构设计的郭永怀兴奋不已。

郭永怀拍拍程开甲的肩膀，高兴地对他说："老兄，你的高压状态方程可帮我们解决了一个大难题啊！"

后来，程开甲又在小黑板上精心计算着，终于提出切实可行的采用百米高塔爆炸原子弹的方案。

1964 年 10 月 16 日，中国第一颗原子弹在新疆罗布泊爆炸成功。

这是中国成功进行的第一次核试验。

第一颗原子弹爆炸时，自动控制系统在瞬间启动千台仪器，分秒不差地完成了起爆和全部测试。在这些优良的自动控制系统上，凝聚着程开甲为中国原子弹事业付出的无数心血。

程开甲曾经很自豪地说：

> 当年法国人进行第一次核试验，测试仪器没有拿到任何数据，美国、英国、苏联也仅仅拿到了很少的一部分数据，而我们拿到了全部数据。

1978 年 10 月 14 日，中国首次竖井地下核试验获得圆满成功。

为了掌握地下核爆炸各方面的第一手材料，程开甲和朱光亚等科学家决定在首次地下核爆炸成功以后，进入地下爆心去考察。

到原子弹爆心做考察，在我国还是第一次，谁也说不清洞里辐射的剂量，其危险可想而知。

程开甲经过细心计算，认为采取多种防护措施后，可以进入。

有人对程开甲说："爆后坑道里放射性物质剂量很大，你们还是不要去冒这个险。"

程开甲十分坚定地说："你们听说过'不入虎穴，焉得虎子'这句话吗？"

程开甲和朱光亚不顾同志们的阻拦，穿上防护衣，毅然从主坑道进入，随后钻进一条狭窄的通道。他们在刚刚开挖的直径只有 80 厘米的小管洞中艰难地爬行着，最后进到爆炸形成的一个巨大空间。只见里面到处是石英石熔炼成的黑色玻璃体和破碎石块，原来预置的一切都荡然无存。

　　洞里温度很高，程开甲忙得汗流浃背，但他坚持着把所有考察工作做完，为取得我国地下核试验现象学的第一手资料作出了贡献。

　　就这样，核物理学家程开甲为了中国的原子弹事业，在西北大漠默默地奋斗了 20 多年。他主持了我国第一颗原子弹试验技术方案的制订和实施，并负责筹建了我国第一个核技术研究所，并于 1977 年被任命为我国核武器试验训练基地副司令员兼核武器研究所所长。

　　人们都说程开甲是隐姓埋名数十载的"核司令"，可是，程开甲一直不愿意承认自己是"当官"的人，他更愿意别人称呼他"程教授"。

　　从 1962 年筹建核武器试验研究所，到 1984 年离开核试验基地，在这漫长的 22 年里，程开甲先后成功地筹划、主持了 30 余次各种类型的核武器试验，基本上都获得了预定的试验目标。

　　程开甲在谈到自己的科学研究时，曾经说：

　　努力发现新现象，不断追捕勿懈怠。

程开甲是这样说的，也是这样做的。

程开甲一直对祖国母亲怀有一颗炽热的赤子之心，他深情地说：

> 我是中国人，我只能喊中国万岁。

后来，双鬓斑白的程开甲回忆起自己曾经走过的人生道路时，他十分感慨地说：

> 如果当初我不回国，没有到核试验基地，可能个人会有更大的成就，但肯定不会像现在这样幸福，因为我把一切都与祖国的国防科技事业紧紧地联系在一起。

程开甲含着热泪说：

> 我为祖国作出了自己的贡献。我这辈子最大的心愿就是国家强起来，国防强起来……

彭桓武为"两弹"研制默默奉献

1961年4月，彭桓武奉命调到当时的二机部北京九所，顶替已撤走的苏联专家，负责核武器物理研究。

当时，原子弹设计工作正处在探索的阶段。

中国科学院院士贺贤土在《他把全部精力献给了祖国和物理学》一文中写道：

> 彭先生的到来使这一探索工作如虎添翼。他把原子弹的爆炸过程分成了若干重要方面，进行物理分解研究，自己又计算又推导方程，然后给年轻人讲课，让更多人熟悉这些研究内容，进行研究。
>
> 为了使学术讨论有共同用语，他把各种过程和物理特征的术语进行规范，诸如定容增殖、突变刹那等。
>
> 当时他主要集中在反应后高超临界条件下的物理过程的研究，包括裂变点火和能量释放估计。在研究与点火有关的冲击波聚焦出中子的物理问题时，他巧妙地把复杂的不定常流体简化为定常流处理，图像十分清楚，得出了很好的结论，至今仍给当时参加这一研究工作的

同志留下十分深刻的印象。

他物理概念十分清楚，对物理量量级大小有清楚的了解，这使他能快速抓住物理本质。他是位理论物理学家，擅长于解析处理，起初他不太相信计算机计算，但随着研究问题愈来愈复杂，计算机也愈来愈发展，他感到数值模拟的重要，于是积极支持数值模拟研究……

贺贤土在这篇文章中还提及了一件令人感慨的往事：

听老同志说，1961 年至 1962 年年初原子弹设计曾一度陷入困境。理论计算得到的炸药爆炸后在内爆过程中产生的压力总是小于苏联专家曾给我方的数据，当时负责力学的专家担心计算结果有错，于是进行了一次又一次的 9 次反复计算，但结果就是与苏方提供的数据不同。

这就是著名的 9 次计算，原子弹设计一时陷入了困境。

彭桓武先生为 9 次计算的讨论和改进提出过不少很好的主意。

最后，周光召先生仔细检查了 9 次计算结果，认为数据没有问题，他用最大功原理证明苏联人的数据是错误的，从而结束了近一年左右的争论，使原子弹设计工作全面展开。

彭先生十分高兴他从前的研究生处理问题的敏锐和智慧，后来曾几次提起此事。

1964 年 10 月 16 日，我国第一颗原子弹成功爆炸。

原子弹爆炸成功后，理论部投入全部力量进行氢弹探索。

研制氢弹的时候，没有任何可供参考的资料。

贺贤土后来回忆说：

我和几位同志当年曾在周光召先生领导下，调研了十几年的《纽约时报》、《华盛顿邮报》等报纸和一些杂志，没有得到任何有意义的信息。突破氢弹完全是中国人自主创新的结果。

贺贤土又说：

在研究原子弹期间，彭先生事实上已开始琢磨氢弹会是怎么样的，他把氢弹作用过程分成若干阶段的物理问题，供大家研究。

1964 年，中国第一颗原子弹爆炸成功，彭桓武十分激动，在罗布泊宴会上即兴写了一首七绝诗：

亭亭铁塔矗秋空，

六亿人民愿望同。

不是工农兵协力，

焉得数理化成功。

从 1964 年年底开始，在彭桓武的指导下，中国开始全面开展氢弹原理的探索。

贺贤土后来回忆说：

彭先生当时是主管理论部的九院副院长，已过 50 岁的人了，与大家一起，发表他对氢弹原理的看法，与大家一起讨论，还经常给我们这些年轻人讲课。

我记得一次在一个会议室里，彭先生在黑板上写他的计算结果和看法，讲完后，想退回到他原来座位上去，但意犹未尽，一边退一边面向黑板继续讲，结果原来的椅子已被专注听他讲的王淦昌先生不经意地动了一下，彭先生差一点坐了个空，可见当时讲的人和听的人都沉浸在专注思考的气氛中。

在众多的集体讨论中，提出了不少有启发性的想法。彭先生集思广益、凝聚和综合出突破氢弹原理的几条可能的路。他的一贯的思维方法是每条路子都要探索到底，并且他认为"堵"住路子也是贡献，说明此路不通，可放心走另外路。他建议兵分三路，由周光召、于敏、黄祖洽各自负责一条路，分头进行探索。

彭先生后来在一个场合上说过，他当时凝聚了大家的智慧，准备做三次战斗，事不过三，总可突破氢弹……

1967 年，在彭桓武的带领下，中国成功地进行了大威力氢弹试验。

1984 年，以彭桓武为首的 10 位科学家获得"原子弹、氢弹研究中的数学物理问题"自然科学一等奖。按国家规定奖状是每位得奖人一份，而奖章是由第一作者保存。因此，这枚奖章应该由彭桓武保存。

贺贤土后来回忆说：

当我们把奖章送去时，他坚决谢绝，并且再三强调这是集体的功劳，不应给个人。经过我们再三说明，他才留下奖章。然后他说："奖章我收下了，这样奖章就是我的了，我把它送给九所。"

他随即找到一张纸，提笔在上面写了"集体、集体、集集体，日新、日新、日日新"，把奖章和题词都让来人带回了所里。

我们所在有关核武器事业发展的几次内部展览会上都展出了彭先生的这一题字，参观的人在听了讲解后都十分感动，对这位德高望重的科学家深表敬佩……

后来，每当有人与彭桓武谈起他在核武器研究中的功劳时，彭桓武都会很严肃地说：都是大家干出来的。

钱三强院士曾经多次感慨道："彭公默默地为新中国科技事业作出了杰出的贡献，然而，时至今日，他的功绩仍然鲜为人知。"

为了新中国的科技事业，彭桓武甘愿奉献出自己的一切，而从不要求任何回报。

有人曾这样描述彭桓武：

他虚怀若谷，心地光明，无求于人，无欲于世，一副安然自得的悠然模样，仿佛泰山崩于前也面不改色心不跳。他把全部精力献给了自然科学。

可是，一旦国家需要他从事核武器研究，他会毫不犹豫地说出："国家需要，我去！"

三、 发扬光大

● 在报告会上，两位为我国"两弹一星"事业作出重要贡献的老英雄回顾讲述了当年自力更生、艰苦创业、协同作战、勇攀高峰的事迹，激起全场师生一阵阵热烈的掌声。

● 耸立在青年公园的原子城纪念碑，碑体上铭刻着张爱萍将军题写的"中国第一个核武器研制基地"十二个烫金大字，显得格外庄严肃穆。

● 穆占英饱含深情地说："我童年时就在这里，张爱萍、李觉等将军们都住过这样的帐篷，把新建的房子让给了科技人员。"

清华大学宏扬"两弹一星"精神

1999 年 9 月 20 日，也就是中央召开表彰为研制"两弹一星"作出突出贡献的科技专家大会的第二天，教育部党组发出通知，要求各级教育部门和各级各类学校尤其是高等学校要组织教育战线广大党员干部和师生员工认真学习江泽民同志在表彰为研制"两弹一星"作出突出贡献的科技专家大会上的重要讲话，深入进行以弘扬"两弹一星"精神为主题的学习教育活动。

教育部要求各级教育部门以"两弹一星"研制工作和科技人员的先进事迹为教材，教育广大党员干部和师生员工，深入学习、大力弘扬他们热爱祖国、乐于奉献的高尚情操，自力更生、艰苦奋斗的战斗精神，团结协同、勇于创新的科学精神，进行爱国主义、集体主义、社会主义以及科学精神的教育。

教育部还要求广大教育工作者把学习、宣传、弘扬"两弹一星"精神同当时教育战线贯彻落实《中共中央国务院关于深化教育改革全面推进素质教育的决定》结合起来，全面实施科教兴国战略，进一步深化教育改革，加快教育事业的发展。

北京大学、清华大学在当天举行座谈会，学习、讨论中央的重要讲话精神，回忆老一代科学家为我国国防科技事业作出的卓越贡献和取得的丰功伟绩，师生们决心弘扬"两弹一星"精神，为发展我国科技事业、增强我国综合国力作出贡献。

11月5日，"两弹一星功勋奖章"获得者、中国工程院院士彭桓武和"两弹一星"功臣、中国核武器研究院首任院长李觉将军当天来到清华大学，为1100多名师生做了一场弘扬"两弹一星"精神的报告会。

在报告会上，两位为我国"两弹一星"事业作出重要贡献的老英雄回顾讲述了当年自力更生、艰苦创业、协同作战、勇攀高峰的事迹，激起全场师生一阵阵热烈的掌声。

为弘扬"两弹一星"精神、落实世界一流大学建设规划，清华大学党委作出了开展"两弹一星"精神学习教育活动的决定，计划教职工用3个月、学生用1年左右的时间深入学习"两弹一星"精神。

校党委采取校系结合的办法，在教工党员中安排各支部学习会和生活会等一系列的学习教育活动，并组织参观航空城、观看电视片等，引导教工党员学习"两弹一星"科技功臣的崇高精神，注意克服胸无大志、贪图安逸、急功近利的思想倾向，为把清华建设成世界一流大学努力拼搏。

学生系统开展"我的事业在中国"的主题教育，以"记住历史、思考今天、选择事业"作为教育活动的三个阶段，引导学生正确选择自己的人生道路，为祖国的繁荣富强贡献自己全部的聪明才智。

发扬光大

清华大学书记贺美英说："为了建设一流大学，国家三年中为清华投资 18 个亿，这个强度在国内已经是史无前例。但是如果和世界一流大学相比，差距仍然很大。比如哈佛大学一年的经费就是十几亿美元。所以光靠钱的话我们再努力也很难建成世界一流大学。这使我们想到当初研制'两弹一星'时，我们和发达国家的经济实力也有很大差距，甚至比现在的差距还要大，可是我们搞成了。为什么？因为除了必要的物质条件还有一种体现了民族志气的精神。

"有人说这次'两弹一星'受勋的 23 人中，清华校友占了 14 人，但下次受勋还能有多少清华人呢？如果在国家经济、科研、国防等最需要的地方没有我们清华的毕业生，我们能算什么一流大学呢？"

大家深深感到，建设一流大学需要一种精神，一种为国家、民族奉献的精神。而"两弹一星"精神就是这种精神最集中的体现。改善教学、科研条件非常重要，提高教师待遇也非常重要，但所有这些都不能代替崇高精神的作用。

"可是怎么能让师生听得进去呢？我把问题指向了操作层面。"新闻中心副主任孙哲老师说。清华进行"两弹一星"精神的教育有得天独厚的资源，除了 14 位功勋校友，清华的生物系、计算机系、力学系当年就是为配合两弹一星的研制而建立的。那些参加过研制的老教师大部分还在，他们身上那种不计个人得失忘我工作的精神，周围师生耳濡目染。这种潜移默化的作用，往往比单纯说教有着更大的渗透力。

身为学校团委副书记的束为博士看来对学生的心态更熟悉，他说："清华还有一批出类拔萃的年轻校友，他们是老一辈'两弹一星'精神的继承人。从以往的经验看，用他们大有作为的事实来开展教育，同学们一点都不反感。比如我校1989届毕业的硕士郭谦、于缨夫妇，去了长春第一汽车制造厂。如今郭谦当了一汽的副总经理兼总工程师，于缨也做了中层干部。在他们的带动下，几年中清华又去了三四十位毕业生。又比如我校1983届毕业生刘国治，毕业后去了西安的"21研究所"，后来回校读硕士、博士，之后又返回西安。由于他在科研方面的突出贡献，被破格提拔为中校，并当了所长。他多次出席国际会议，在国外遇到许多同学，刘国治深有感触地说：'我代表我的国家参加学术交流，他们在为老板打工。'贺老师常对我们说：刘国治选择的是一条把自己的命运和国家的强盛联系在一起的道路，在为国奉献的同时，他自己也得到了发展。现在，那儿又有了几位年轻的清华校友。"

谈到清华大量出国留学的问题，贺美英坦然地说："我们认为提倡'两弹一星'精神和鼓励学生出国留学并不矛盾。获'两弹一星功勋奖章'的23位专家中22位都有出国留学的经历。关键是要帮助学生懂得什么是崇高的人生信念。"

航天人发扬 "两弹一星" 精神

1999 年 9 月 27 日，中国航天科技集团公司在京组织召开座谈会，组织曾为我国"两弹一星"立下功劳的航天科技人员回顾我国导弹和人造卫星的研制历史，畅谈伟大的"两弹一星"精神，决心加快航天事业发展，为国民经济和国防现代化建设作出新的贡献。

中国航天科技集团公司，是在原中国航天工业总公司所属部分企事业单位的基础上组建成立的国有特大型独资企业。这次表彰的 23 位"两弹一星功勋奖章"获得者中有 8 位来自航天科技集团公司。

在座谈会上，航天科技集团公司"两弹一星功勋奖章"获得者任新民、屠守锷、黄纬禄、杨嘉墀、王希季、孙家栋等回顾了我国第一枚导弹和第一颗人造卫星的研制情况，以及航天事业所走过的辉煌发展历史。

2000 年 4 月 24 日，首都各界举行纪念"东方红-1"号卫星发射成功 30 周年大会。

国防科工委主任刘积斌在讲话时宣布：国防科技工业系统决定，将"两弹一星"精神作为行业精神，推动国防科技工业的跨世纪改革和发展，在全系统掀起了学习和弘扬"两弹一星"精神的高潮，动员广大职工积极投身到振兴国防科技工业的伟大事业中，加快改革和发展步伐，促进各项目标的早日实现。

刘积斌介绍说，"两弹一星"精神是在我国经济落后、工业基础和科学技术力量薄弱条件下发展国防尖端技术的特殊历史背景下形成的，是在党的第一代领导集体英明领导、亲切关怀和悉心培育下形成的丰硕成果，是中国共产党在长期革命斗争和社会主义建设事业中形成的优良作风与遵循科学技术发展规律的严肃态度有机结合的产物，是中国人民在 20 世纪为中华民族创造的新的宝贵精神财富。

30 多年来，"两弹一星"精神激励了一代又一代国防科技工业干部职工为国防科技工业发展而不懈努力。在国防科技工业迈向新世纪的伟大进程中，"两弹一星"精神必将继续激励我们全面完成新时期国防科技工业发展、改革、调整和振兴的任务。

刘积斌强调，要完成国防科技工业所肩负的各项重要任务，就必须在全行业认真学习和贯彻"两弹一星"精神，把这种精神凝聚到振兴国防科技工业的伟大实践中，贯穿到国防科技工业科研生产第一线，才能使我们深刻地认清形势，明确我们肩上的责任，把准前进的方向，增强必胜的信心，焕发坚定的斗志，不断克服各种困难，抓住机遇，知难而进，励精图治，开拓奋进；才能在新的历史条件下进一步加快国防科技工业改革和发展，不断提高国防科技工业整体素质和水平，为国防现代化建设和国民经济发展作出更大的贡献。

中国科学院空间中心空间综合电子技术研究室在多年的科研工作中，研究室领导深刻认识到从事航天领域的科研工作，需要自力更生、团结协作、勇于创新、拼搏进取，发扬"两弹一星"精神，培育和发展创新文化。

空间综合电子技术研究室非常重视创新文化的建设，在这里，"两弹一星"精神在传承。

实施载人航天工程，是党中央根据世界科技发展大势、着眼我国科技事业和现代化建设的发展大局作出的重大战略决策，是新时期的"两弹一星"。

空间综合电子技术研究室从 1992 年起承担了应用系统在飞船上的总体系统，即有效载荷公用系统的研制工作，任务异常艰巨也异常光荣。

多少年来，研究室的全体研究人员，从零起步，牢记党和人民的重托，满怀为国争光的雄心壮志，攻克了一系列关键技术，实现了工程建设的重大突破，研制成功了具有现代化水平的有效载荷支持系统，为在飞船上开展我国尖端和前沿领域的科学试验作出了突出贡献。

多少年来，研究室的全体研究人员不懈努力，不懈追求，付出了生命中最宝贵的年华，在实验室里度过了无数个日日夜夜，形成了一支特别能吃苦、特别能战斗、特别能攻关、特别能奉献的队伍。

研究室的科研条件虽然比 10 多年前好多了，但科研人员仍不忘艰苦奋斗，在研制工作中尽量降低成本，节约开支。

1994年研究室积累了近百万元的科研发展基金，有的同志看到别的研究室有汽车，也建议室里买辆汽车，使工作更方便。研究室仔细分析了当时的工作需求，认为买车要比依靠社会交通服务花费大，因而就没有买车。而当年载人航天研究中计划拨款偏少，严重影响了研制进度，研究室毅然拿出了多年积累的科研发展基金几十万元，购买了示波器等急需的科研设备，按时完成了当年的科研任务。

航天工程是一个巨大而复杂的系统工程，只有相互协作才能取得成功。在研究室里，每个人都尽量把困难留给自己，方便让给别人。年轻同志缺乏航天经验，老同志总是尽其所能进行指导。谁在研制过程中遇到困难，其他同志都热心出谋划策。由于航天产品都要求做试验，一做就是一个多月。而这时年轻同志也总是自觉照顾老同志，男同志照顾女同志，承担晚上值夜班的任务。

空间综合电子技术研究室在工作中取得了众多成绩。后来，我国"神舟"系列飞船先后成功发射并实现回收，并成功实现了太空行走，与他们的努力是分不开的。

这是一项艰巨而重要的任务，他们传承"两弹一星"精神，保证了飞船上全部设备的运转正常，圆满完成了载人飞船的科研任务。

青海原子城纪念馆建成开馆

2009 年 5 月 20 日，青海原子城国家级爱国主义教育示范基地落成典礼在海北藏族自治州西海镇举行。

青海省委宣传部、省发展改革委、省住房和城乡建设厅、省旅游局以及海北州等相关方面参加了典礼。主体建筑纪念馆工程通过竣工验收并交付使用。

中宣部宣教局副局长李晓军在致辞中说，40 多年前，这片神奇的土地上诞生了我国第一颗原子弹和氢弹。这一彪炳共和国史册的壮举，极大地增强了我国的科技实力特别是国防实力，提升了我国的国际地位，为维护世界和平作出了贡献，极大地鼓舞了中国人民，振奋了中华民族精神。

在这一艰苦卓绝的奋斗中，孕育形成了"热爱祖国、无私奉献、自力更生、艰苦奋斗、大力协同、勇攀高峰"的"两弹一星"精神。

这一精神生动地体现了爱国主义、集体主义、社会主义和科学精神的有机统一，是中华民族精神的集中体现和进一步发展，是激励中华儿女不断开辟新征程、开创新未来的强大精神动力。

青海原子城纪念馆以其深刻凝重的内容和生动鲜活的形式，展现着那段不凡的历史，传承着伟大的"两弹一星"精神，是对广大干部群众特别是青少年进行爱国主义教育的生动课堂。

总投资 7248 万元、占地 12.2 公顷的青海原子城国家级爱国主义教育示范基地，于 2007 年 4 月 3 日开工建设。

项目分为纪念馆和纪念园区两个子项。纪念馆占地 1 公顷，建筑面积 9615 平方米，框架结构，高度 16 米，由 1 至 5 号展厅、序厅、多功能放映厅等部分组成；纪念园按照园区场地南低北高差较大的地形特点，构成一条贯穿南北的景观参观线路，分别由纪念广场、纪念馆、"596"之路、和平纪念园、原子城铸就者纪念馆、纪念碑等景观组成。

那是 1958 年 11 月，代号为"221"的中国核武器工程正式启动，大批建设者、科研工作者和解放军战士等，怀着对党和国家的无比忠诚，从祖国四面八方会集到这里。他们从三顶帐篷起家，用自己的智慧、青春和热血，先后研制成功了我国第一颗原子弹和氢弹，为维护我国及世界和平作出了历史性贡献。

该基地是我国第一个核武器研制基地，1995 年基地退役后整体交给青海省，成为世界上唯一一个主动退役的核武器研制基地。退役后，此地被誉为"原子城"。

2001 年，青海原子城被国务院列为全国重点文物保护单位。

2005 年 11 月，又被确定为全国爱国主义示范基地。

耸立在青年公园的原子城纪念碑，碑体上铭刻着张爱萍将军题写的"中国第一个核武器研制基地"十二个烫金大字，显得格外庄严肃穆。纪念碑高 16.15 米，象征着原子弹爆炸的时间，1964 年 10 月 16 日 15 时。

纪念碑的外形像一枚火箭，两侧是原子弹和氢弹爆炸时的蘑菇云浮雕，碑顶上端银白色的对体是 1:1 的原子弹模型，并有一个盾牌，意喻我国进行核工业的研究只是为了防御和自卫。

往前在三株树的围拢之中，有一座古铜色的雕塑，这是纪念广场最醒目的标志，即主题雕塑《聚》，它竖立于入口东侧，以鲜明的主题表现历史。

《聚》代表了核聚变的写实，也代表了聚合全中国人民的伟大力量，不屈不挠、坚韧不拔的凝聚力。

"两弹一星"的研制基地，即"221 厂"坐落在西海镇金银滩草原深处，这里四面环山，草地平坦。1957 年，李觉将军带着 10 多位二机部九局的科学家考察了甘肃、四川、青海等七处地点后，最终将中国第一个核武器研制基地定在了青海的金银滩草原。

1964 年 10 月 16 日，中国第一颗原子弹爆炸成功。1967 年中国第一颗氢弹爆炸成功。《人民日报》发表了"号外"和"喜报"，在"号外"和"喜报"中，中国政府向全世界作出了"中国进行必要的核武器试验，完全是为了防御，其最终目的就是为了消灭核武器，我们在任何时候、任何情况下，都不会首先使用核武器"的庄严承诺。

中国人民自从成功地试验了"两弹一星"后，在全世界的独立地位更加坚固。

在原子城国家级爱国主义教育示范基地纪念馆里，一幅幅珍贵的资料图片，一件件见证历史的实物、设备，一个个再现艰苦奋斗的场景模型，尤其是第二展厅的那一幕场景：风雪苍茫，远山肃穆，三顶墨绿色的帐篷扎在苍茫的草原深处，白雪压塌了篷布，帐篷门前的两只藏獒，站立在寒风中，仿佛是在等待着主人归来。它真实地再现了1958年第一批建设者挺进海拔3000多米的金银滩草原，开始基础建设的艰苦情景。

三顶帐篷起家，这是"221厂"建设者写在金银滩草原上的不朽传奇。他们30多年的艰苦创业，记录了一代开拓者美好的情操和理想追求，30多年的辉煌历程，见证了我国核武器从无到有、从小到大的巨大变化。

在原子城纪念馆的第二展厅，在一处用实物及声、光、电模拟出来的风雪交加的金银滩草原上的那"三顶帐篷"前，曾在矿区度过童年的中国核工业建筑集团公司总经理穆占英饱含深情地说："我童年时就在这里，张爱萍、李觉等将军们都住过这样的帐篷，把新建的房子让给了科技人员。"

在"共和国记忆"这个展厅，可以看到王淦昌、刘光、邓稼先等老一辈科学家和曾经为共和国核物理事业作出卓越贡献的无名英雄。在20世纪50年代，为了保卫国家安全，维护世界和平，打破美国的核讹诈、核威胁，

发扬光大

他们远离亲人卧薪尝胆，悄然打造了一把旷世奇剑。他们用青春、柔情、浪漫、决绝和悲壮在金银滩上谱写了一曲永不消逝的长歌。他们的精神让所有人感到震撼，给所有的参观者留下了难以磨灭的印象。

时年78岁的叶钧道老人，应邀前来参加开馆仪式。

他是当年在罗布泊我国第一颗原子弹成功爆炸前负责插雷管的人员之一。在第四展厅的"蘑菇云"图片前，他颤声说道："建设这个纪念馆，把我们这一代人做的事情、树立的精神展现出来，太好了！我虽然身体不好，家里人也劝我这次不要来，但我一定要来，今天站在这里，我感觉就两个字：很好。"

时年73岁的原"221厂"试验部科研人员董庆东，应邀前来参加开馆仪式，他带着他的老伴，专程从四川绵阳赶来。他说："我们这一代人年轻的时候抱着振兴中华的理想，在这里完成了一个伟大的事业。我为此而感到自豪！希望新一代年轻人继承'两弹一星'精神，实现中华民族的伟大复兴，相信他们会做得更好！"

尽管开馆仪式只有短短一上午，而"热爱祖国、无私奉献、自力更生、艰苦奋斗、大力协同、勇攀高峰"的"两弹一星"精神，将激励中华儿女不断开辟新征程、开创新未来！

本书主要参考资料

《请历史记住他们》科学时报社编 暨南大学出版社

《创造奇迹的人们》柏万良著 湖北教育出版社

《科学发明故事》颜煦之编 南京大学出版社

《中国科学家发明家的故事》李少元 赵北志主编 金
　　盾出版社

《时代楷模》朱新民主编 人民日报出版社

《共和国的记忆》李庄主编 人民出版社

《光辉的榜样》本书编写组编者 中国文史出版社

《青年的榜样》中国青年出版社编 中国青年出版社